Herstellung und Verlag:
BoD - Books on Demand, Norderstedt
ISBN 978-3-7392-0032-3

Ungebunden flattere ich
im Strom der Zeit schwimmend
zwischen den Welten
Suchend
Weder Vogel noch Fisch

Wer bin ich?

Inhalt

Rowan — 1

Der Sohn der Mondfrau — 14

Schicksal — 32

Ende und Anfang — 37

Winter — 39

UnTot — 50

Die Eiche — 67

Im Land der möglichen Götter — 73

Rowan

Sie atmete tief ein und trat aus dem Stall. Die Sonne war noch nicht ganz aufgegangen, aber Rowan war schon seit der frühen Dämmerung auf den Beinen und hatte die Jungen auf den Hof gejagt. Sie musste bald losgehen, wenn sie beizeiten wieder zurück sein wollte. Sie seufzte und sah über den Hof. Es war nicht immer leicht, die Dorfvorsteherin zu sein, schon gar nicht, wenn man neunzehn Jahre alt war, und am allerwenigsten, wenn der eigene Bruder der Grund der bevorstehenden Ärgernisse war.

Die Probleme hatten vorletzten Winter begonnen, als die Lawine neben dem Dorf niedergegangen war und ihr Vater, der Dorfvorsteher Leon, verschüttet wurde. Er hatte überlebt, aber der Baumstamm, der die Hütte getroffen hatte, hatte ihn so schwer verletzt, dass er nie wieder ohne Hilfe würde leben können. Trotzdem war es sehr verwunderlich gewesen, dass ihr Vater sie, Rowan, im folgenden Frühjahr als seine Nachfolgerin vorgeschlagen hatte. Die Dorfbewohner hatten ohne zu zögern zugestimmt. Zum einen, da alle die junge Frau mochten und ihren klugen Kopf zu schätzen wussten, zum anderen, da niemand aus den dreiundzwanzig Familien, aus denen das Dorf bestand, sonderlich große Lust hatte, diese Aufgabe zu übernehmen. Rowan war anfangs auch nicht sehr begeistert gewesen, aber nach vielem Hin und Her hatte sie schließlich eingewilligt. Inzwischen liebte sie ihr Aufgaben, meistens jedenfalls. Im Moment wäre sie aber viel lieber ein ganz normales Dorfmädchen gewesen.

Das Geräusch einer schlagenden Tür lenkte Rowans Aufmerksamkeit Richtung Haus. Zara, die Schwester von Ria, Rowans verstorbener Mutter, kam auf den Hof und schenkte dem Mädchen ein warmes Lächeln. Zara war die jüngere der beiden Schwester und sie war für Rowan immer eine Art Mutter gewesen. Als Leon verunglückt war, hatte Zara seine Pflege übernommen und war schließlich mit ihrem Mann und ihrer kleinen Tochter ganz zu ihnen auf den Hof gezogen. Rowan wusste wirklich nicht, was sie ohne ihre Hilfe getan hätte.

Nun war es an der Zeit. Das Mädchen nahm sein Bündel und schnürte sich die Schuhe fester. Es führte kein leichter Weg ins Elfengebiet. Sie winkte Zara zu, die im kleinen Garten neben dem Haus stand.

„Ich gehe jetzt, Zara. Hab bitte ein Auge auf die zwei Bengel."
Ihre Tante sah sie mitleidig an. „Armes Kind, hoffentlich nehmen die Elfen die Entschuldigung des Dorfes an."

Es war ein sonniger Frühlingstag und der Himmel war voller weißer Schäfchenwolken. Es war ein Tag, wie Rowan ihn liebte. Sonnenkind, das war die Bedeutung ihres Namens und normalerweise wurde sie ihm mehr als gerecht, besonders bei solchem Wetter. Aber nicht heute.

Es war vor zwei Tagen geschehen, begonnen hatte es vermutlich jedoch schon viel früher. Sie liebte ihren Bruder Darren, trotz allem, doch dieses Mal war er zu weit gegangen.

Vor zwei Tagen also. Jener Tag hatte so schön begonnen wie dieser. Wie immer war Rowan schon früh auf den Beinen gewesen und hatte dieses und jenes erledigt, aufgeräumt und die Tiere versorgt. Außerdem war Waschtag gewesen und so war es ihr erst nicht weiter aufgefallen, dass sie Darren schon eine ganze Weile nicht mehr gesehen hatte. Er rannte meist den ganzen Tag durch die Wiesen und Wälder, die das Dorf umgaben. Etwas anderes konnte man von einem Vierzehnjährigen ja auch nicht erwarten, aber normalerweise verabschiedete er sich morgens, bevor er zu seinen Abenteuern aufbrach. Rowan hatte sich also etwas beunruhigt auf die Suche gemacht. Die Gegend war eigentlich sehr friedlich, seit einiger Zeit jedoch machte die Nachricht über kriegerische Fremde aus dem Süden die Runde. Sie hatte also einige Zeit das Unterholz durchstreift und war sogar auf ein paar ‚geheime' Hütten ihres Bruders gestoßen. Den Besitzer aber hatte sie nicht finden können. Dann war ihre Aufmerksamkeit von Lärm erregt worden, der aus der Richtung des kleinen Sees gekommen war, welcher nicht weit vom Dorf entfernt lag. Mit einer bösen Vorahnung war sie losgerannt und dann erschrocken wieder stehen geblieben. Sie hatte einfach nicht glauben können, was sich vor ihren Augen abgespielte hatte. Es waren drei junge Kerle, die ein Mädchen umringt hatten. Zwei hatte sie sofort erkannt, es waren Darren und sein bester Freund Jano. Der dritte war ein anderer Junge aus dem Dorf, Cal, dem man deutlich anmerkte, dass das, was seine Gefährten taten, ihm nicht behagte. Die zwei Bengel hatten das Mädchen an einen Baum gedrängt und Rowan hatte plötzlich körperlich gespürt, dass etwas passieren würde, wenn sie der Sache nicht sofort ein Ende bereitete. Sie war von hinten an die Jungen herangetreten, die sie, erregt und aufgestachelt wie sie waren, nicht hatten kommen hören. Als sie ihren Bruder und dessen Freund am Kragen packte, hielt sie verblüfft inne. Für Sekunden hatten sie und das Elfenmädchen sich in die Augen gesehen, dann hatte die Elfe die Hand gesenkt, deren Fingerspitzen hell vor Magie geglüht hatten, und war lautlos im Wald verschwunden. Rowans Verwirrung und ihr Zorn hatten sich nun auf die Jungen entladen, die sehr kleinlaut geworden waren. Sie hatte sie zurück ins Dorf geschleift, wo sie sie dann im Beisein der Familien für ihre Untat bestraft hatte.

Rowan seufzte. Sie wusste, dass sie richtig gehandelt hatte, aber sie zerbrach sich den Kopf darüber, was mit Darren los sein könnte. Er hatte sonst nie auch nur in geringster Weise gewalttätige Züge gezeigt, genauso wenig wie Jano oder Cal. Um den machte sie sich auch nicht wirklich Gedanken, er war derjenige gewesen, der alles zugegeben hatte: Wie sie das Elfenmädchen beim Baden beobachtet hatten und sie eigentlich nur ein bisschen hatten erschrecken wollen. Dass er damit die Freundschaft auf Spiel setzte, zeigte, wie schrecklich das Ganze für ihn war. Nein, Sorgen bereiteten ihr ausschließlich Darren und Jano, vor allem Darren natürlich, da er ihr Bruder war und sie die Verantwortung für ihn trug. Hatte sie sich vielleicht zu wenig um ihn gekümmert?
Die beiden Jungen hatten nichts gesagt, als Rowan sie mit zwanzig Arbeitstagen auf dem Hof bestraft hatte. Sie waren nur mit gesenktem Kopf dagestanden und hatten hin und wieder Cal finstere Blicke zugeworfen. Jetzt, zwei Tagen später, war Rowans Zorn fast schon verflogen; was geblieben war, waren Fassungslosigkeit und Verwirrung, aber auch Erleichterung, dass das Elfenmädchen besonnener als die Jungen gewesen war. Hätte sie ihre Magie benutzt...
Rowan hatte immer noch ihre erhobene Hand vor Augen, die hell geglüht hatte...
Das Mädchen schüttelte den Kopf, um die Gedanken zu vertreiben. Das alles nützte nun überhaupt nichts, sie war die Dorfvorsteherin und es war nun einmal ihre Aufgabe, Unangenehmes zu erledigen. Sie hatte aber nicht die geringste Ahnung, was sie erwarten würde.
Der Wald wurde nun immer dichter. Rowan wusste, dass sie den Weg zu den Elfengebieten nur finden würde, wenn die Elfen es so wollten. Sie duckte sich unter einem großen Ast durch und blieb

dann erstaunt stehen. Der Pfad vor ihr war überraschenderweise wieder recht breit und wurde von Weißdornbüschen gesäumt, die über und über mit Blüten bedeckt waren, so dass es fast wie Schnee aussah. Es war ein herrlicher Anblick. Fröhlich betrat das Mädchen den Pfad, der sich wand und schlängelte. Die Blüten dufteten, die Sonne schien...

Rowan hob den Kopf. Irgendetwas war plötzlich anders. Sie drehte sich langsam ein Mal um sich selbst. Nichts, nur Blüten, Blüten, Blüten. Und doch, sie war nicht mehr allein, das spürte sie.

Ein Rabe flog über sie hinweg und verschwand hinter der nächsten Biegung des Pfades. Sie schüttelte irritiert den Kopf und meinte im Gehen laut zu sich selbst: „Mädchen, du siehst Gespenster!" Aber ein Rabe, zu dieser Jahreszeit, der einen Waldweg entlang flog?

Es war kein Rabe.

So unvermutet, wie der Pfand angefangen hatte, hörte er auch wieder auf. Rowan stand nun auf einer Lichtung, die in grünlich-goldenes Licht getaucht war. Und vor ihr, nur wenige Schritte entfernt – ein junger Mann. Verblüfft sah sie ihn an. Ja, es war ohne Zweifel ein Mann, aber er war auf eine schwer zu fassende Weise anders als jeder Mann, den sie kannte.

Der Elf lächelte. Ein zaghaftes Lächeln, ganz so als wüsste er nicht, wie er sich verhalten sollte. Es war dieses so jungenhafte Lächeln, das Rowan ihr Erstaunen vergessen ließ. Er konnte – in Elfen-maßstäben gerechnet – nicht viel älter als sie selbst sein. Das lange, dunkle Haar, das einen leichten Grünschimmer hatte, war zu einem Zopf geflochten, aber einige Strähnen hatten sich gelöst und auch seine nach Elfenart geschnittene Kleidung, Hose und Hemd, wirkte etwas unordentlich.

Rowan trat einen Schritt vor. „Erlaubt Ihr mir, dass ich diese Lichtung überquere?"

„Ihr seid Rowan, nicht wahr?" Seine Frage kam unvermutet und klang eigentlich auch nicht wie eine richtige Frage.

Nun wurde Rowan doch misstrauisch. Was tat dieser Kerl hier? Zu den Gebieten der Elfen sollte es doch eigentlich noch ein gutes Stück dauern! Ihre Antwort kam zögernd und sie überlegte jedes Wort sehr genau. „Ja, das bin ich. Dann ist Euch auch der Grund meines Kommens bekannt, nehme ich an?"

Der Elf sah sie erst fragend an und meinte dann: „Ihr meint wohl den Vorfall mit den Kindern aus Eurem Dorf?" Er sah verlegen zu

Boden. „Deswegen bin ich nicht hier."
Am liebsten wäre sie sofort umgedreht und davon gerannt, doch sie war die Dorfvorsteherin und so bemühte sie sich, nichts von ihrem Schreck zu zeigen. Mit fester Stimme, in der ein Hauch Zorn mitschwang, meinte sie: „Was wollt Ihr?"
Etwas von ihrer Aufgewühltheit sah man ihr anscheinend doch an, denn der Elf wurde noch verlegener, fasste sich dann aber wieder. „Bitte, habt keine Angst."
Er machte einen kleinen, schnellen Schritt auf sie zu und Rowans Kopfhaut begann zu prickeln. Sie wusste, dass es zu spät war; er hatte sie mit seiner Magie erreicht. Sie würde sich von jetzt an nur von ihm entfernen können, wenn er es zuließ. Zorn und Panik kochten erneut in ihr hoch und sie warf beides mit ganzer Kraft gegen den Elfen.
„Was soll das? Wollt Ihr mich für das strafen, was die Kinder aus meinem Dorf getan haben? Ist Euch Elfen meine aufrichtige Entschuldigung nicht genug?" Sie musste sich mühsam beherrschen, ihn nicht anzuschreien, was in dieser Situation vermutlich überhaupt nichts genutzt hätte.
„Ihr wisst nur zu gut, dass ich gegen Eure Magie nicht ankomme! Ist es das, was Ihr wollt?"
„Nein, bitte. Ihr versteht nicht. Niemand weiß, dass ich hier bin." Die Stimme des Elfen klang fast verzweifelt und das verwirrt Rowan nun endgültig. Die ganze Situation war so, wie sie es auf gar keinen Fall hätte sein sollen! Was um alles in der Welt bedeutete dies alles?
Bevor sie etwas erwidern konnte, hatte der Elf ihre Wange berührt. „Ich wollte Euch nicht erschrecken. Es war nur die einzige Möglichkeit, Euch allein zu treffen. Bitte seid nicht so zornig."
„Dann wurdet Ihr nicht von Eurem Rat hierher geschickt?"
„Nein."
Die Welt begann sich um Rowan zu drehen. Die Magie des Elfen und seine Worte umnebelten ihre Sinne. Sie musste sich konzentrieren, um überhaupt noch irgendetwas zu sagen.
„Aber ich kann doch nicht einfach..."
Er erstickte ihren schwachen Protest mit einem Kuss und alles war mit einem Mal egal.
„Ich werde dir niemals weh tun", sagte er leise und atemlos. Dann nahm er sie in seine Arme.
Das war das letzte, was Rowan noch mitbekam, dann war es

endgültig um sie geschehen und sie ertrank in einem Meer aus Lust und Verlangen.

Der Boden war weich und das Grün umgab sie wie ein schützendes Zelt. Sie liebten sich mehrere Male, hingebungsvoll und leidenschaftlich. Er entdeckte jeden Zentimeter ihres Körpers, mal sanft liebkosend, dann wieder stürmisch fordernd. Und ihr Körper antwortete ihm auf eine Weise, wie sie es nie für möglich gehalten hatte.

Die Zeit schien stehen geblieben zu sein und fand erst wieder ihren gewohnten Gang, als Rowan und der Elf erschöpft und atemlos zur Ruhe kamen, beide immer noch bebend. Rowan wusste, sie sollte sich nach diesem unschicklichen und unerwarteten Stelldichein eigentlich nicht so gut fühlen, aber im Gegenteil, sie fühlte sich großartig. Sie drehte sich auf die Seite und musterte ihren unverhofften Liebhaber. Zum ersten Mal sah sie ihn nun richtig, ohne einen Schleier aus Überraschung und Magie, der ihren Blick trübte. Er ließ ihre forschenden Blicke über sich ergehen und beobachtete, wie sie ihn beobachtete.

„Gefällt dir, was du siehst?" Seine grünen Augen blitzten.

Sie lachte und meinte: „Nun, mein schöner Jüngling, willst du mir nicht endlich deinen Namen verraten? Das gebietet eigentlich die Höflichkeit, bevor man einer Dame den Hof macht!"

Er sah sie etwas verlegen an, was ihm, wie Rowan fand, sehr gut zu Gesicht stand. „Du hast ja Recht, entschuldige. Mein Name ist Mandarimanis-von-den-Weiden, so lautet mein Name in eurer Sprache." Er strich ihr leicht über das Haar, bevor er zögerlich fort fuhr: „Ich habe dich vor einiger Zeit beim See gesehen und... du bist mir nicht mehr aus dem Kopf gegangen. Als das dann mit den Kindern passiert ist, habe ich darauf gehofft, dich hier zu treffen. Ich weiß, es war unschicklich..."

„Aber warum bist du nicht einfach ins Dorf gekommen? Warum hast du mich hier in aller Heimlichkeit verführt, ohne vorher je mit mir gesprochen zu haben?" Sein zerknirschtes Gesicht brachte Rowan erneut zum Lachen. „Ich habe den Verdacht, dass deine Leute nicht sehr glücklich wären, wenn sie davon erfuhren. Habe ich Recht?"

Er schüttelte den Kopf. „Und deine auch nicht. Deswegen bin ich auch nicht ins Dorf gekommen. Es...es tut mir Leid."

Seine Worte erschreckten sie. Er hatte vollkommen Recht. Sie, die Dorfvorsteherin, eine Liebesaffäre mit einem Elfen! Er berührte

abermals ihre Wange, doch sie wich ihm aus.
„Können Menschen und Elfen miteinander Kinder zeugen?"
Er zuckte mit den Schultern. „Das weiß ich nicht. Ich bin noch zu jung dafür."
Das ernüchterte sie vollends. Der Zauber, der sie eben noch in ihrem Bann gehalten hatte, war verflogen. Sie, Rowan, hatte sich von einem Kind verführen lassen! Und sie hatte es genossen und dabei völlig ihre Pflicht vergessen!
Rowan sammelte ihre Kleider zusammen. „Es ist jetzt wohl besser, wenn ich gehe. Ich habe eine Aufgabe zu erfüllen."
Ohne sich noch ein Mal um zu drehen verließ sie die Lichtung und betrat nun endgültig das Gebiet der Elfen. In ihren Augen glitzerten Tränen.

Sie erwachte unverhofft. Jede Nacht träumte sie nun von dem Elfen und es erschien ihr wie ein Fluch. Nach ihrem Stelldichein war sie unbehelligt an die Grenzen des Elfengebietes gestoßen, wo sie dann gewartet hatte. Kurz darauf war sie zu einem Ratsmitglied geführt worden, das sie schon einmal gesehen zu haben glaubte, damals, als ihr Vater sie mit zu den Elfen genommen hatte. Ihre aufrichtige Entschuldigung war angenommen worden, danach hatte man sie wieder an die Grenze gebracht. Nichts war geschehen, die Elfen hatten keine Gefühlsregung gezeigt, die schmalen Gesichter waren wie immer reglos und undurchschaubar gewesen. Hatte Mandarimanis doch die Wahrheit gesagt?
Erbost schüttelte Rowan den Kopf und stand auf. Sie sollte sich anziehen und endlich auf andere Gedanken kommen.
Doch das war gar nicht so einfach, denn das erste, worüber sie stolperte, als sie die Tür zum Hof öffnete, war ein zusammen gefalteter Zettel, auf dem ‚Rowan' stand. Es wäre nun nichts Ungewöhnliches gewesen, denn Timon, Janos großer Bruder, tat dies hin und wieder, seit jenem Tag vor vier Jahren, als sie ihn in einem schwachen Moment geküsst hatte. Für Rowan hatte es bis heute keine große Bedeutung gehabt, es war einfach nur aufregend gewesen, einen Jungen zu küssen, aber bei Timon hatte es wohl Spuren hinterlassen. Er wusste zwar, dass es für Rowan nie mehr als Freundschaft gewesen war, was ihn jedoch nicht davon abhielt, ihr ab und an kleine Aufmerksamkeiten zukommen zu lassen.
Nein, was ihr Herz für einen Augenblick aussetzen ließ, war die

Schrift, mit der ihr Name geschrieben war. Mit zitternden Händen faltete sie den Zettel auseinander und las die beiden Zeilen: ‚Heute Abend am See. Falls du mich sehen willst.'

Rowan stand da und ihr Kopf fühlte sich wie leergebrannt an. Der Brief löste sich nicht einfach in Luft auf, er war keine Einbildung. Wo war nur ihre Wut geblieben? Wieder und wieder las sie die Sätze, bis Zara kam.

„Rowan, geht es dir gut? Du siehst so blass aus!" Die Angesprochen fuhr etwas zusammen, was Zaras besorgten Gesichtsausdruck noch besorgter machte, zwang sich dann aber sofort zu einem Lächeln. „Mit mir ist alles in Ordnung, ich habe nur schlecht geschlafen. Ich glaube, ich sollte frühstücken gehen."

Zaras Sorgenfalten glätteten sich wieder. „Ein Frühstück ist eine gute Idee. Komm, ich habe frisches Brot gebacken. Du kannst deinem Vater Gesellschaft leisten."

Rowan hätte sie am liebsten umarmt, aber dann wäre Zara wieder beunruhigt gewesen. Sie kannte das Mädchen einfach viel zu gut. So folgte sie ihrer Tante nur lächelnd, den Zettel steckte sie zerknüllt in ihre Rocktasche.

Der Tag war viel zu schnell vergangen. Nun stand Rowan am See. Sie sollte nicht hier sein, ihre Pflichten als Dorfvorsteherin verboten es eigentlich von selbst. Aber da war dieser kleine Teil in ihr, der ihr geheimes Stelldichein in vollen Zügen genossen hatte, und der förmlich danach schrie, den Elfen wieder zu sehen. Es war ihr gelungen, diesen Teil zu verdrängen, seit er sich auf der Elfenlichtung gezeigt hatte, der Brief jedoch hatte ihn erneut erweckt.

Die Dämmerung zog herauf und der Mond zeigte bereits seine blasse Sichel. Rowan wusste nicht, wo am See Mandarimanis sie treffen wollte, deshalb blieb sie einfach stehen. Sie musste nicht lange warten. Sie glaubte, das leise Rauschen von Schwingen zu hören und dann stand er vor ihr. Sie sahen sich lange und sprachlos an, schließlich fasste sich Rowan ein Herz.

„Hier bin ich also", sagte sie.

Er lächelte. „Schön, dass du gekommen bist. Ich hätte fast nicht daran geglaubt." Dann wurde er wieder ernst und sie sah, dass seine Hände zitterten.

„Es tut mir so Leid! Ich weiß einfach nicht, wie dass alles passieren konnte! Es..."

„Bereust du es?" Ihre Stimme war leise und auch ihre Hände

zitterten.
Die Antwort kam sofort: „Nein, nicht eine Minute! Ich hätte nur gewollt, dass alles... anders hätte beginnen können."
Ein Lächeln kräuselte mit einem Mal Rowans Mundwinkel. „Gut. Sonst wäre ich jetzt gegangen." Dann nahm sie ihn in die Arme. Lange standen sie so da, Elfenmann und Menschenfrau, schließlich hob Mandarimanis seinen Kopf und meinte: „Bald ist Mittsommer. Vielleicht können wir noch einmal von vorne anfangen."
Von vorne anfangen. Seine Worte hafteten noch in ihrem Kopf, als er schon gegangen war. Immer noch stand sie am See und betrachtete den Mond, wie er immer heller und höher den Nachthimmel erklomm und dann hinter den Wolken verschwand.
Als sie sich schließlich auf den Rückweg machte, war es stockdunkel. Trotzdem, oder gerade deshalb, zögerte sie keine Sekunde, als sie ein leisen Husten hörte. Ohne nachzudenken griff sie in das Gebüsch am Wegrand und zog einen zutiefst erschrockenen Jungen hervor. Den Schrecken überwand er aber sehr schnell.
„Lass mich los! Du hast kein Recht, mich festzuhalten. Der Wald gehört allen!"
Etwas überrascht ließ Rowan Jano los und fragte kopfschüttelnd: „Was machst du hier? Erzähl mir nicht, du sitzt immer zu dieser Stunde in diesem Strauch. Du solltest längst im Bett sein!"
Sein Gesicht nahm einen trotzigen Ausdruck an: „Und du solltest dich von diesem...diesem Elfen fernhalten. Mein Bruder liebt dich und du triffst dich und redest mit so einem!"
Rowan verpasste ihm eine schallende Ohrfeige. Erschrocken hielt sich Jano das brennende Gesicht. „Du hast kein Recht..."
„Und du", ihre Stimme war gefährlich leise, „hast nicht das geringste Recht, über mich oder andere zu urteilen. Was ich tue oder nicht, geht dich nichts, wirklich rein gar nichts an!"
Tränen standen in Janos Augen, als sie ihn an den Schultern packte und ihn wortlos vor sich her ins Dorf schob. Sie wusste, dass ihn ihr Wutausbruch erschüttert hatte, auch sie war von sich selbst überrascht gewesen. Besonnenheit war normalerweise eine ihrer Stärken. Doch der Junge hatte eigentlich nur das ausgesprochen, was viele im Dorf insgeheim dachten. Gegen Elfen hatte man nichts, so lange sie sich vom Dorf fernhielten.
Als sie das erste Gehöft erreicht hatten, ließ sie den Jungen laufen.

„Wir werden morgen mit Timon darüber reden." Er wollte noch etwas sagen, ließ es dann aber mit einem Blick in ihr Gesicht bleiben und rannte davon, so schnell er konnte.

Rowan machte ihre Drohung nicht war. Nicht am darauffolgenden Tag und auch danach nicht, aber allein die Möglichkeit, dass sie es tun konnte, lies Jano erst einmal verstummen. Jedenfalls machten im Dorf keine Gerüchte die Runde. Das Leben schien wieder seinen normalen Gang zu gehen. Jeder fieberte nun dem Mitsommerfest entgegen, zu dem sich auch Besuch aus anderen Dörfern angekündigt hatte. Man hoffte vor allem auch auf Neuigkeiten über die Fremden aus dem Süden.

Nur Rowan war nach wie vor ruh- und rastlos. Sie verrichtete zwar ihre Arbeit auf dem Hof und als Dorfvorsteherin, doch in ihr brodelte es. Je näher das Fest rückte, desto mehr drängte sich ihr die Gewissheit auf, dass etwas geschehen musste.

Drei Tage vor Mittsommer hatte sie einen Entschluss gefasst.

Mittsommer gehörte zu einem der wichtigsten Feste im Dorf. Schon Tage davor wurden die Häuser geputzt, die guten Kleider aus den Truhen geholt und ausgebessert und die jungen Leute überlegten schon eifrig, wer wohl wem in diesem Jahr einen Mittsommerstrauß vor die Tür legen und so seiner oder seinem Angebeteten von seinen Gefühlen kundtun würde. Viele Ehen wurden am Mittsommerfest in die Wege geleitet.

Die Leute wunderten sich, dass ihre junge Dorfvorsteherin dieses Jahr die Überwachung der Vorbereitungen ihrer Tante übergeben hatte, sagten sich aber: „Sie wird es schon richtig machen". Doch als Rowan einen Tag vor dem Fest plötzlich verschwunden war, begannen die Leute sich Sorgen zu machen. Was würde nur aus dem Fest werden, wenn die Dorfvorsteherin verschwunden bliebe? Wer würde die Besucher aus den anderen Dörfern gebührend empfangen? Als sich früh am nächsten Morgen die ersten der Dorfbewohner am Festplatz einfanden, um die letzten Zelte aufzustellen, fanden sie Rowan schon bei der Arbeit vor. Sie begrüßte jeden strahlend, ohne auch nur ein Wort über ihr plötzliches Verschwinden zu verlieren. Die Leute schüttelten zwar den Kopf, aber alle waren froh, ihre Dorfvorsteherin wieder zu haben, so dass keiner nachfragte, wo sie den gewesen sei. So lange sie ihre Pflichten erfüllte, konnte sie schließlich machen, was sie wollte.

Als gegen Nachmittag die ersten Gäste eintrafen, war alles andere unwichtig geworden. Das ganze Dorf brummte wie ein Bienenstock und Wiesen und Wald waren von Lachen erfüllt.
Rowan seufzte. „Jetzt halt aber einmal still!", schimpfte Zara, die mit ein paar letzten Stichen den Ärmel an dem Kleid des Mädchens festnähte.
„Was ist nur mit dir los? Man könnte fast meinen, du freust dich gar nicht auf das Fest. Und dabei hat dir Timon doch wieder einen Strauß vor die Tür gelegt. Wirst du ihn denn dieses Jahr annehmen? Jünger wirst du nämlich auch nicht!"
Lachend umarmte Rowan ihre Tante. Jedem anderen hätte sie bei diesen anzüglichen Worten eine scharfe Antwort gegeben, sie wusste aber, dass Zara sie nur neckte.
„Aber Tantchen!", meinte sie mit Schalk in den Augen, da sie wusste, dass Zara diese Anrede hasste, „Du weißt doch, dass er für mich nur ein Freund ist, daran wird sich auch nichts ändern. Aber natürlich freue ich mich auf das Fest! Was meinst du, kann ich mich so hinaus wagen?"
Sie umtanzte Zara federnden Schrittes, welche lächelnd ihre Nähsachen wegpackte. „Kommt, eure Hoheit, wir sollten Eure Untertanen nicht warten lassen!"
Als die beiden Frauen mit Rowans Vater auf den Festplatz kamen, waren schon alle versammelt. Der Platz war wie verwandelt. In alle Bäumen hatte man Laternen und bunte Bänder gehängt und die untergehende Sonne brachte die weißen Zelte und die Gesichter der Anwesenden zum Leuchten. Überall war Holz zu kleinen Haufen geschichtet worden, nur in der Mitte hatte man die Scheite und Äste zu einem fast mannshohen Gebilde getürmt. Langsam führte Rowan Leon zu dem riesigen Haufen. Eine feierliche Stille legte sich über den Platz, als das Mädchen nach der Fackel griff, die das Mittsommerfeuer entzünden sollte und sie ihrem Vater reichte.
„Sie kommen!"
Der Ruf zerriss die Stille wie ein niedersausendes Schwert. Alle drehten sich nach den Störenfrieden um, die den Weg zum See hinauf gerannt kamen. Darren und Jano waren völlig außer Atem, als sie vor der Dorfvorsteherin zum Stehen kamen.
„Was...", Rowan verstummte. Erstaunt folgte sie den Blicken der anderen, doch was in den Jungen Entsetzen ausgelöst hatte und die Augen der Dorfbewohner immer größer werden ließ, entlockte ihr

einen erleichterten Seufzer. Ihr fiel ein unendlich schwerer Stein vom Herzen.
Sie kamen den Weg vom See hinauf, in einer feierlichen und stillen Prozession. Leise Musik hüllte die Elfen ein, ihre zarten, durchscheinenden Gewänder schienen aus Licht gewoben und zitterten sacht im Abendhauch. Ihre Gestalten umgab ein goldener Schimmer, der die Luft zum Glühen brachte und alles in einen unwirklichen Schein tauchte. Es war ein Anblick von so unvorstellbarer Schönheit, dass sich keiner der Dorfbewohner rührte, bis die Prozession die Mitte des Festplatz erreichte hatte. Die überirdische Musik verstummte. Der Bann brach, doch da niemand wusste, wie er sich verhalten sollte, blieben die meisten einfach stehen. Zara hatte Leon hinter sich gezerrt und Rowan stand allein in der Mitte des Platzes.
Ein Raunen ging durch die Menge, als sich der Elf, der die Prozession angeführt hatte, leicht vor Rowan verbeugte und mit wohltönender Stimme, die die Stille glockengleich zerbrach, zu sprechen begann:
„Dorfvorsteherin, ich grüße Euch. Wir sind Eurer Einladung gefolgt. Möge diese Nacht ein Anfang sein."
Die Dorfleute begannen aufgebracht und verwirrt zu murmeln.
„Sie hat die Elfen geholt?"
„Was soll das?"
„Wir haben nichts mit ihnen zu schaffen!"
Mit einem Ruck drehte sich Rowan um und trat einen Schritt nach vorne, so dass alle sie sehen konnten.
„Bitte, hört mich an!" Sie sprach laut und etwas zögernd, jedes Wort sorgfältig abwägend. Sie wusste, dass Menschen wie Elfen ihr gespannt zuhörten.
„Ja, es stimmt, ich habe das Weise Volk zu unserer Mittsommernacht eingeladen. Wie die meisten von uns schon seit längerem wissen, hat sich vieles in den Ländern des Nordens geändert. Elfen und Menschen, die beiden Völker, die schon seit je her diese Länder bewohnt haben, werden immer weniger. Ein Volk ist aus dem Süden gekommen und es hat begonnen, den Norden zu bevölkern. Niemand weiß, woher und warum sie genau gekommen sind, aber sie werden immer zahlreicher. Und wir weniger."
Das zustimmende Nicken der Leute aus den anderen Dörfern gab Rowan Mut. Die Südländer, die kleiner und dunkelhäutiger waren als

die Bewohner des Nordens, waren nun offenbar schon in einigen Dörfern gesichtet worden.

Sie fuhr fort: „Was vor kurzem vorgefallen ist, hat mir gezeigt, dass wir...", sie machte eine Geste, die Dörfler und Elfen einschloss, „...nicht mehr einfach unser Leben leben können, wie wir es bisher immer getan haben. Wir würden uns gegenseitig auslöschen oder einfach langsam, aber unaufhaltsam, verschwinden. Zusammen jedoch können wir eine Zukunft haben."

Wieder lag Stille über dem Festplatz. Rowan schloss verzweifelt die Augen. Hatte sie die richtigen Worte gefunden? Hatte sie überhaupt die richtige Entscheidung getroffen?

Als die ersten zu klatschen begannen – wer, dass wusste später niemand mehr – wusste Rowan, dass sie es geschafft hatte.

Sie öffnete wieder die Augen und ihr Herz machte einen Satz. Zwei Gestalten hatten sich aus der Gruppe der immer noch klatschenden Elfen gelöst. Es waren Mandarimanis und die kleine Elfe vom See, beide mit einem Mittsommerstrauß in der Hand. Erstaunt sah Rowan, wie die kleine Elfe zielstrebig auf Darren zuging und ihm den Strauß vor die Füße legte. Als ihr Bruder ihn nach kurzem Zögern aufhob, war der Bann endgültig gebrochen. Leon stieß die Fackel in das Reisig.

Rowan war so erleichtert und erfüllt von der Musik, die mit einem Mal wieder eingesetzt hatte und dem befreienden Gelächter aller, das wie eine Flutwelle die letzten Zweifel fortschwemmte und die Nacht erhellte, dass sie erst gar nicht bemerkte, dass sie schon eine ganze Weile auf den kleinen Strauß vor ihren Füßen starrte. Sie hob den Kopf und gewahrte Mandarimanis, der etwas abseits von ihr stand und sie beobachtete. Langsam beugte sie sich hinunter und hob den Strauß behutsam auf.

Hinter ihr schlugen die Flammen des Mittsommerfeuers hoch in den sternenklaren Himmel.

Der Sohn der Mondfrau
(Hijo de la Luna)

„Höret die Geschichte von dem Zigeunermädchen, das die Mondfrau anflehte, ihm doch zum Manne seines Herzens zu verhelfen.
‚Du sollst deinen Mann bekommen' sprach da die Mondfrau vom dunklen Himmel herab, ‚aber dafür will ich euren erstgeborenen Sohn.'
Und dem Paar wurde ein Kind geboren, weiß wie der Rücken eines Hermelins im Winter, mit grauen Augen und hellem Haar. Der Vater, ein Zigeuner mit dunkler Haut, glaubte, seine Frau habe ihn betrogen und keine ihrer Beteuerungen konnte ihn davon abbringen. Er ging mit dem Kind in die Berge, wo er es zurückließ.
Seitdem erzählt man sich, dass es, wenn der Mond voll und rund ist, dem Kind gut geht; weint es aber, verschmälert die Mondfrau ihn zu einer Wiege, um das Kind sacht in den Schlaf zu schaukeln."

Das Kind lag auf dem mondbeschienenen Felsen und streckte freudig glucksend die Arme in die kühle Nachtluft. Obwohl es nackt war, schien es die Kälte nicht zu spüren. Die Frau setzte ihren schweren Korb ab. Sie glaubte zu träumen. Ein Säugling, hier oben in der kahlen Einsamkeit? Jemand musste das Kleine ausgesetzt haben. Beruhigende Worte murmelnd wickelte sie es in ihr Tuch und machte sich an den Abstieg, den Jungen fest an die Brust gedrückt.

„Bist du wahnsinnig?! Ein Kind von einem Berg? Hast du die alte Geschichte vergessen?" Der Mann sah entsetzt auf das Kleine in den Armen seiner Frau.
„Sei nicht albern!", sagte sie. „Schau, jetzt hast du ihm Angst gemacht!" Und sie schaukelte das Kind, bis es eingeschlafen war, und ihre Augen leuchteten dabei. „Wie hübsch es ist. Wir können es doch nicht einfach wieder aussetzen!"
Da der Mann seine Frau sehr liebte und sie keine eigenen Kinder hatten, willigte er schließlich ein, das Kind zu behalten. Doch er dachte häufig an jene Geschichte, die die Alten am Herdfeuer zu erzählen pflegten.

So wuchs Kiaran, wie sie ihn genannt hatten, heran. Er war ein fröhlicher und kluger Junge, der seinen Zieheltern schon früh bei der Arbeit half. Die Frau strickte, versorgte das Haus und die Hühner, der Mann war Töpfer und verkaufte seine Ware auf dem Markt. Dort erfreute sich Kiaran mit seiner hellen Haut und seinen hellen Haaren schon früh großer Beliebtheit und oft steckten die Marktfrauen dem Jungen kleine Geschenke zu. Der Mann sah dies immer mit einer kleinen Sorge im Herzen, da es ihn daran erinnerte, dass Kiaran anders war als die dunkelhaarigen Leute des Landes. Seiner Frau gegenüber erwähnte er jedoch nie etwas, zu sehr erfreute sie sich an ihrem Findelkind. Der Junge durchstreifte gerne die Wiesen und Wälder, die den kleinen Hof umgaben, aber jeden Abend bei Sonnenuntergang musste er daheim sein. Er fragte nie nach dem Grund, da es für ihn nie anders gewesen war.

Im zwanzigsten Frühling, nachdem er gefunden worden war, war Kiaran zu einem schönen jungen Mann geworden, der die Blicke der Mädchen auf sich zog, auch wenn er lieber die Natur durchstreifte und sich den Büchern widmete, die der Mann ihm hin und wieder mitbrachte.

Eines Tages sagte er zu seinen Eltern: „Ich denke, es wird Zeit für mich, etwas von der Welt zu sehen, von der die Alten immer so viel zu berichten wissen."

Seine Zieheltern waren nicht glücklich über den Entschluss ihres Sohnes, aber sie hatten gewusst, dass dieser Tag einmal hatte kommen müssen. So umarmten sie ihn und wünschten ihm viel Glück auf seiner Reise. „Und hüte dich vor der Nacht, denn sie birgt nichts Gutes!"

Kiaran versprach, aufzupassen und machte sich mit seinem Bündel auf, die Welt kennen zu lernen.

So durchstreifte er voller Neugierde Wälder und Berge. Er lernte jagen, klettern und lautloses Gehen und all die Dinge, die man sonst noch zum Überleben in der Natur braucht. Jeden Abend folgte er dem Rat seiner Eltern und suchte sich einen Unterschlupf, wo er die Nacht verbringen konnte.

Der Frühling war dem Sommer gewichen, als Kiaran eines Mittags in eine Gegend kam, wo Felder und nicht mehr Wälder den Weg säumten. Auch die Häuser wurden immer zahlreicher und er erkannte, dass er sich einer großen Stadt näherte. Die größte Siedlung, die er bis jetzt gekannt hatte, war die kleine Stadt gewesen, in der immer der Markt stattfand. Da Kiaran wusste, dass er schon dort durch sein Aussehen aufgefallen war, bestrich er seine Kleider und sein Gesicht mit Erde und band sich ein Tuch um den Kopf. Nur seine Augen wusste er nicht zu verbergen.

Je näher er der Stadt kam, um so dichter standen die Häuser und das Gedränge auf dem Weg, der nun eine Straße war, wurde größer und größer. Menschen strömten aus allen Richtungen herbei und schoben sich durch die mächtigen Tore, die wohl einmal die Stadt vor Feinden geschützt hatten, jetzt aber mitten in der Stadt standen, welche sich weiter über ihre alten Grenzen ausgebreitet hatte.

Kiaran konnte sich nicht sattsehen an der bunten Menge und all den Häusern, die festlich herausgeputzt schienen. Er fragte einen Jungen mit Bauchladen, ob es irgendetwas zu feiern gebe.

Dieser antwortete verwundert: „Woher kommt Ihr denn? Wisst Ihr denn nicht, dass der König das ganze Land eingeladen hat, um den achtzehnten Geburtstag der Prinzessin zu feiern?" Mit einem verschwörerischen Zwinkern fuhr er fort: „Man munkelt auch, dass er ihr demnächst einen Mann suchen will. Der Adel aus allen Ländern ist zusammengekommen! Gebt nur acht!"

Kiaran bedankte sich und ließ sich erneut von der Menge treiben, die dem Schlossplatz zuströmte. Der Platz glich einem Jahrmarkt. Buden aller Art standen Wand an Wand, Gaukler und Taschenspieler unterhielten die Passanten und es roch nach Gebratenem und Gebackenem.

Da er Hunger hatte, aber nur ein paar kleine Münzen besaß, wandte er sich an eine der Wachen, die am Tor zu den Schlossgärten stand: „Ich bitte vielmals um Entschuldigung, mein Herr, aber könntet Ihr mir vielleicht sagen, wo ich Arbeit bekommen kann?"

Die Wache musterte ihn von oben bis unten und meinte dann: „Du bist wohl noch nicht lange hier, deinen Kleidern nach zu urteilen. Aber du scheinst eine ehrliche Haut zu sein, sonst hättest du wohl keine Wache angesprochen. Als ehrbares Mitglied der königlichen Stadtgarde werde ich dich der Schlossküche empfehlen. In diesen Tagen wird dort nämlich jede Hand gebraucht."

Er wies Kiaran an, bei Dämmerung am Gesindeeingang des Schlosses zu warten. Da der Junge nicht wusste, was er sonst hätte tun sollen, tat er, wie ihm geheißen worden war.

Es war nicht schwer, den Gesindeeingang zu finden. Er war das Tor, durch das die meisten Leute in das Schloss strömten. Heerscharen von Marktfrauen, die Gemüse und Geflügel brachten, eilten zwischen Karren umher, die Wein und Getränke heranfuhren; denn schließlich sollte niemand am Geburtstag der Prinzessin darben. Inmitten der ein- und ausströmenden Menge stand ein großer, dicker Mann und gab Befehle in alle Richtungen. Kiaran wusste nicht, was er tun sollte, und so blieb er einfach am Rand der Menge stehen, sein Bündel fest an sich gedrückt.

Da schaute der dicke Mann zu ihm hinüber und ein breites Lächeln stahl sich in sein Gesicht. Er winkte den Jungen zu sich heran: „Du musst also der Neuankömmling sein. Man hat mir von dir berichtet. Ich bin der Königliche Haushofmeister und so hast du mich auch anzusprechen."

Der Königliche Haushofmeister musterte Kiaran von oben bis unten und sein Blick blieb kurz an dessen grauen Augen hängen. Er fuhr fort: „Ich denke, ich habe Verwendung für dich. Aber erst einmal müssen wir etwas an deiner Erscheinung arbeiten."

Er winkte eine junge Magd heran, die gerade einen Korb Eier in Empfang genommen hatte. „Bring ihn zu Madam Wendelich! Sie soll ihn angemessen einkleiden und dann in die Küche schicken."

Die Kleine nickte und wies Kiaran an, ihr zu folgen. Ohne recht zu wissen, wie ihm geschah, stolperte der junge Mann hinterher. Der Königliche Haushofmeister hatte sich wieder dem Strom der Marktleute zugewandt.

„Na, na, na, junger Mann! Ich habe vier Söhne großgezogen, es gibt also keinen Grund, sich zu genieren!"

Madam Wendelich, oberste königliche Kammerfrau, hatte Kiaran in einen Zuber mit heißem Wasser gesteckt und schrubbte ihn nun gründlich ab, seinen Protest nicht beachtend. Die Tür des Waschraumes hatte sie wohlweislich abgeschlossen, da sie ihre Mädchen nur zu gut kannte; sogar sie selbst mit ihren fast fünfzig Jahren musste zugeben, dass dieser Neuankömmling ein hübscher Bursche war.

„Sag einmal", fragte sie, während sie Kiaran ein Handtuch reichte, „woher kommst du denn eigentlich? Ich habe noch nie so helles Haar wie deines gesehen."

Der junge Mann war etwas verlegen angesichts des Interesses an seiner Person, doch er antwortete höflich: „Meine Eltern, eigentlich meine Zieheltern, leben viele Tagesreise östlich von hier. Sie haben mich gefunden."

Madam Wendelich stutzte. Der Junge erinnerte sie an irgendetwas. Wenn ihr Gedächtnis doch nur jünger wäre... doch sie verdrängte den Gedanken. Zu Kiaran gewandt meinte sie dann: „Ich denke, wir sollten dein Haar kürzen und dunkler färben. Für dein Gesicht und die Arme habe ich etwas dunkles Puder und Walnussblätter. So wird dich keiner mit Fragen löchern. Glaub mir, dass ist besser so... wie war doch gleich dein Name?"

„Kiaran heiße ich und ich danke Euch, Madam Wendelich."

Die oberste königliche Kammerfrau lächelte. „Kiaran also. Willkommen in der Hauptstadt!"

Sauber, mit neuen Kleidern und dunklerer Erscheinung, wurde Kiaran in die Küche geschickt. Es war schon spät am Abend, aber bis zum morgigen Festtag musste alles vorbereitet sein. Der Küchenmeister war ein recht junger und schmaler Mann mit durchdringender Stimme, der Kiaran sogleich mit einigen anderen Küchenjungen zum Abwasch einteilte.

Von dem großen Wasserbecken zum Spülen des Geschirrs konnte Kiaran die ganze Küche überblicken. An meterlangen Tischen wurde geknetet und gerührt und in den großen Feuern brutzelten an dicken Eisenspießen Unmengen von duftenden Braten. Alle arbeiteten fleißig und die Luft war erfüllt von Lachen und dem Klappern der Töpfe und Pfannen. Das ist ein guter Ort, dachte Kiaran.

Da dies sein erster Tag war, entließ ihn Meister Georg, wie sich der Küchenmeister nannte, früher als die anderen Jungen und teilte ihm einen Schlafplatz in der Kammer der Küchenjungen zu. Mit seinem Bündel als Kopfkissen schlief Kiaran bald erschöpfte, aber sehr zufrieden, ein.

Der nächste Tag begann früh. Kiaran wurde wieder zum Abwasch eingeteilt, was ihm ganz recht war. Die Küche befand sich in noch größerer Aufruhr als am Vortag, da an diesem Tag das eigentliche Fest stattfinden sollte. Für den Geburtstag der Prinzessin gaben alle ihr Bestes.

Gegen Mittag machte sich eine Unruhe unter den Küchenjungen breit. Der Grund dafür erschien kurz darauf in Person des Königlichen Haushofmeisters mit Meister Georg im Gefolge. Die

Jungen mussten sich in einer Reihe aufstellen und wurden nun von oben bis unten gemustert. Hin und wieder wandte sich der Königliche Haushofmeister an den Küchenmeister und flüsterte ihm etwas ins Ohr. Die gesamte Küche schien dem Schauspiel gespannt zu folgen.

Kiaran, der sich ganz am Ende der Reihe aufgestellt hatte, fragte wispernd den rundlichen Jungen neben sich, was denn dies alles bedeuten solle. Dieser wisperte etwas hochmütig zurück:

„Du als Neuer kannst das natürlich nicht wissen. Sie schauen, wer heute Abend mit den Dienern das Essen auftragen darf. Ich an deiner Stell würde mir aber keine allzu große Hoffnung machen."

Ein strenger Blick Meister Georgs ließ ihn verstummen. Kiaran hatte auch keine Lust, weiter zu fragen. Arroganz unter Küchenhilfen mutete ihm doch recht merkwürdig an.

Der Königliche Haushofmeister ließ nun all jene vortreten, die er für geeignet hielt. Kiaran war nicht traurig, dass er nicht mit ausgewählt worden war. Die königliche Familie und den gesamten Adel des Reiches hätte er dennoch gerne einmal zusammen gesehen.

Je näher der Abend rückte, desto mehr ähnelte die Küche einem aufgebrachten Bienenstock. Kiaran hörte sich nun zum hundertsten Mal das Geprahle der ausgewählten Küchenjungen an, die schon in ihren Festgewändern herumstanden, als plötzlich ein ohrenbetäubendes Scheppern alle erstarren ließ. Einer der Jungen war ausgerutscht und in einen Stapel frisch gewaschener Töpfe gekracht. Schimpfend und wetternd ließ Meister Georg den Unglücksraben, dessen Bein schlimm angeschwollen war, zu Madam Wendelich bringen.

Kiaran hatte sich bei seiner Arbeit nicht weiter stören lassen und war sehr überrascht, als der Küchenmeister mit einmal vor ihm stand.

„Du, Bursche! Lass dir die Kleider dieses Tollpatschs geben! Du wirst heute an seiner Stelle die Herrschaften bedienen!"

Einige Stunden später drängten sich die herausgeputzten Küchenjungen an der Tür zu den Festsäälen. Die Hektik in der Küche war einer konzentrierten Spannung gewichen, jeder wusste, was er zu tun hatte.

Kiaran war aufgeregt. Man hatte ihm zwar seine Aufgabe erklärt – Speisen auftragen, hinter den Dienern der Adligen stehen bleiben,

abräumen –, aber er hatte keine Ahnung, wie sich denn nun ein richtiger Speisenaufträger verhielt.
Nachdem sich die Herrschaften gesetzt hatten, gab Meister Georg das Zeichen. Die Jungen trugen den ersten Gang auf, Kiaran unter ihnen. Die Herrlichkeit des großen Saales, in dem das Festbanket abgehalten wurde, war atemberaubend. Die Dame, die Kiaran zu bedienen hatte, saß recht weit am Kopf der Tafel, so dass er, während er auf das Signal zum Abräumen wartete, einen guten Blick auf all die Herrschaften und die Königsfamilie hatte.
Die Adligen funkelten mit dem prächtig geschmückten Saal um die Wette, nur der König und seine Familie waren nicht so herausgeputzt, wie Kiaran staunend bemerkte. Auch ihre Gewänder waren kostbar, aber es fehlte das üppige Geschmeide der Adligen. Die Prinzessin saß neben ihren Eltern, die Aufmerksamkeit auf den Teller vor sich gerichtet. Die bewundernden Blicke, die unverhohlen in ihre Richtung geworfen wurden, schien sie nicht zu bemerken. Die Prinzessin war hübsch anzusehen, aber an die überirdische Schönheit der Königin reichte sie noch nicht heran. Vielleicht würde sie sie später einmal erlangen, wenn die Erfahrung und die Reife dazu gekommen sein würden. Kiaran fand, dass sie unglücklich aussah.
Viel Zeit zum Nachdenken blieb ihm nicht, denn der zweite Gang musste den Herrschaften gebracht werden.
Vielleicht wäre es den ganzen Abend so weiter gegangen, wenn sich nicht der Schoßhund einer Dame auf einen kleinen Erkundungsspaziergang begeben hätte. Dieser Hund sprang nun einem der Jungen beim Abtragen des fünften Ganges zwischen die Füße, dieser strauchelte und stieß gegen Kiaran, welcher unter großem Geklirr der Tablette der Länge nach hinschlug, direkt neben den Tisch der Prinzessin.
Etwas benommen blieb Kiaran einige Augenblicke lang liegen, dann rappelte er sich vorsichtig auf. Es herrschte Totenstille im Saal. Davon bemerkte der junge Mann aber nichts. Er hatte nur Augen für die Prinzessin, die sich zu ihm vor gebeugt hatte und ihm die Hand zum Aufstehen reichte.
„Seid Ihr verletzt?"
Die Frage zerbrach die Stille. Die Damen und Herren nahmen ihre Gespräche wieder auf, auch wenn sich auf manchen Gesichtern große Verwunderung breit gemacht hatte.
Die Prinzessin beobachtete ihn mit besorgtem Blick. Da weiteten

sich ihre Augen unmerklich. Er sah an sich hinunter und bemerkte, dass sein Hemd etwas verrutscht war und ein Stück seiner hellen Haut entblößte. Schnell zupfte er das Hemd zurecht. Ihre Blicke trafen sich.
„Ich... danke."
Zu mehr kam Kiaran nicht, denn nun eilten die anderen Jungen zu Hilfe und sammelten die Tablette auf. Dann führten sie ihn, abwechselnd bewundernd und mitleidig ansehend, in ihrer Mitte zur Küche.
Der Rest des Festes verlief ohne weitere Unterbrechungen, doch Kiaran war nicht mehr ganz bei der Sache. Er warf hin und wieder heimliche Blicke zur Prinzessin, die ihn aber nicht weiter beachtete.

Der folgende Tag war für die Küchenjungen frei. Kiaran ließ sich von einigen den Palast zeigen, zog es dann aber bald vor, alleine die Stadt zu durchstreifen, da er den Jungen ununterbrochen von seinem Sturz im Festsaal erzählen sollte.
Er war auch der erste, der am frühen Abend in die Palastküche zurückkehrte. Nachdem er von einem der Köche etwas zu essen bekommen hatte, machte er sich auf den Weg in die königliche Bibliothek, die zu gewissen Zeiten auch für die Bediensteten zugänglich war, wie er von einem der älteren Küchenjungen erfahren hatte. Der König war nämlich der Ansicht, dass das Lesen zu den Dingen gehörte, die auch ein Bediensteter können sollte; und da Kiaran Bücher liebte, wollte er diese Gelegenheit beim Schopf packen.
Er zählte gerade die Abzweigungen, um nicht den richtigen Gang zur Bibliothek zu verpassen, als er völlig unvermittelt mit jemandem zusammenstieß. Der andere war genau so erschrocken wie er selbst, so dass die große Kapuze ungehindert zur Seite rutschte und langes Haar sichtbar wurde. „Prinzessin!", entfuhr es Kiaran.
Schnell zog sich das Mädchen die Kapuze wieder über den Kopf und schob ihn in einen Seitengang. „Leise!"
Noch immer wusste er nicht, wie ihm geschah.
„Ihr...? Was tut Ihr hier?"
Sie schenkte ihm ein schiefes Lächeln. „Das Du reicht, so lange wir hier unten sind. Wie du dir denken kannst, sollte ich eigentlich gar nicht an diesem Ort sein. Aber jetzt hast du mich ertappt. Komm, ich weiß einen Platz, wo uns keiner entdeckt!"

Kiaran öffnete den Mund, schloss ihn aber wieder, als die Prinzessin geschwind um die Ecke huschte und ihm ein Zeichen gab. Schnell und leise führte sie ihn durch die Gänge und schon nach wenigen Schritten wusste Kiaran nicht mehr, wo sie sich befanden. Schließlich führte sie ihn einige Stufen hoch, bis sie auf einem kleinen Balkon standen.

Die Prinzessin atmete erleichtert auf und deutete rings um sich. „Schön, nicht wahr?"

Von dem kleinen Balkon aus konnte man einen großen Teil der Stadt und das Land dahinter überblicken, ohne selbst gesehen zu werden. Kiaran fand endlich die Sprache wieder.

„Was macht Ihr... du denn in der Nähe der Gesinderäume?" Dann nahm er seinen Mut zusammen und reichte ihr die Hand. „Ich bin übrigens Kiaran."

Sie lächelte erneut und nahm seine Hand. Ihr Griff war überraschend fest. „Ich bin Serena, oder Senn, zumindest hier unten. Was ich hier mache? Nun, was vom Leben sehen! Meine Eltern sind sehr gut und tun alles für mich, aber manchmal ist das Leben einer Prinzessin schon sehr einsam und langweilig, weißt du? Ich schleiche mich öfter hinaus und erkunde das Schloss und die Stadt. Und jetzt hast du mich erwischt."

Ihre Augen suchten etwas ängstlich seinen Blick. „Du wirst doch nichts verraten, oder?"

Auf einmal nahm sie seinen Arm und schob den Ärmel des Hemdes nach oben. Seine Haut war nur bis zur Mitte des Unterarms gefärbt. Kiaran wusste nicht, was er sagen sollte.

„Ich habe mich doch nicht geirrt", murmelte Serena. Sie ließ seinen Arm los und der Junge schob erleichtert den Ärmel wieder nach unten. Ihr Blick suchte erneut den seinen.

„Du bist nicht von hier, habe ich Recht?"

Er räusperte sich. „Meine Eltern leben viele Tagesreisen von hier entfernt. Sie sind Handwerker in einem kleinen Dorf."

Die Augen der Prinzessin wurden groß. „Sind sie auch so... hell wie du?"

„Nein, sie sind wie alle hier. Sie haben mich als Säugling gefunden. Madam Wendelich war der Ansicht, dass es besser sei, meine Haut zu verbergen."

Serena schaute versonnen über die Stadt, die die Dämmerung in unwirkliches Licht getaucht hatte. „Jetzt haben wir ein Geheimnis,

du und ich, Kiaran. Wir sollten Freunde werden."
Jetzt musste er lächeln: „Warum nicht?"
Und so begann die Freundschaft zwischen Kiaran, dem Küchenjungen, und Serena, der Prinzessin.

Sie trafen sich von nun an häufig und wenn Kiaran seinen freien Tag hatte, durchstreiften sie die Stadt, die Prinzessin natürlich als Senn. Der junge Mann hatte die Warnung seiner Eltern, bei Nacht Schutz zu suchen, sehr wohl noch im Kopf, aber er machte sich keine Sorgen, dass ihm hier etwas geschehen könnte.
So saßen sie nachts manchmal auf dem kleinen Balkon und schauten die Sterne an. Serena war froh, endlich jemanden gefunden zu haben, mit dem sie reden konnte, ohne sich Gedanken um Schicklichkeiten zu machen und Kiaran war ihre Gesellschaft sehr viel lieber als die der Küchenjungen, die immerzu mit ihren angeblichen Heldentaten und Frauengeschichten prahlten. Die Jungen wiederum hielten ihn für nicht ganz richtig im Kopf und ließen ihn in Ruhe.
Da Madam Wendelich meinte, die einzige zu sein, die von Kiarans Geheimnis wusste, war sie sehr bemüht um ihn und steckte dem jungen Mann hin und wieder eine Kleinigkeit zu. Er dankte es ihr, indem er ihr manchmal abends am Herd aus den alten Büchern der Bibliothek vorlas. Die oberste königliche Kammerfrau hatte zwar das Lesen gelernt, ihre Augen waren aber schon lange nicht mehr die eines jungen Mädchens.
Für Kiaran hätte es immer so weiter gehen können. Die Arbeit in der Küche war anstrengend, aber nicht schwierig, das Essen war gut und er freute sich täglich auf die Abende. Seit dem Geburtstag waren mehr als vier Wochen vergangen, als Meister Georg eines Nachmittags zu ihm kam.
„Ich weiß zwar nicht, was du verbrochen haben könntest, aber die Prinzessin wünscht dich zu sehen. ‚Der Junge, der bei dem Bankett gestürzt ist', das scheinst ja wohl du zu sein."
Kiarans Herz machte einen Satz. Was war geschehen, warum wollte sie ihn jetzt ganz offiziell sehen? Mit gemischten Gefühlen machte er sich von einem Diener geführt auf den Weg in die Gemächer der Prinzessin.
Serena empfing ihn in ihrem Vorzimmer, in Begleitung ihrer Amme und eines Kammerfräuleins. Sie war wirklich hübsch, das fiel Kiaran nun auf. Als Senn hatte er ihr in dieser Hinsicht nicht viel Beachtung

geschenkt. Doch nun stand nicht Senn vor ihm, sondern die Prinzessin Serena und er verbeugte sich tief.

„Ihr habt nach mir schicken lassen, Hoheit?"

„Wie ist Euer Name?"

„Kiaran, Hoheit." Der Junge war etwas durcheinander, doch er dachte bei sich, dass sie diese Rolle wohl spielen musste.

„Kiaran, ich wünsche, dass Ihr mir in Zukunft als mein persönlicher Bote dient und auch für mein leibliches Wohl sorgt. Ihr könnt lesen, habe ich gehört?"

„Das kann ich, Hoheit."

„Man hat mir auch berichtet, dass Ihr Eure Arbeit ordentlich und gewissenhaft erledigt und doch sehr zurückhaltend seid. Ich hoffe, dies werdet Ihr beibehalten, da ich sehr viel Wert auf Verschwiegenheit meiner Person gegenüber lege. Seid Ihr einverstanden?"

Kiaran brachte nur ein Nicken zustande, da er sehr verwirrt und überrascht war. Serena ging zur Tür, die in ihre Privatgemächer führte, dann drehte sie sich nach einmal um und meinte mit einem Nicken zur Kammerfrau: „Doria wird Euch die Aufgaben erklären."

Im Gehen zwinkerte sie Kiaran zu und betrat ihr Gemach. Dies geschah so rasch, dass der junge Mann nicht sicher war, ob er richtig gesehen hatte. Er wollte es aber gerne glauben.

War Kiaran schon vorher nicht unbedingt beliebt bei den Küchenjungen gewesen, so mieden sie ihn jetzt ganz.

Davon bemerkte er aber nichts, da ihn seine neue Aufgabe voll und ganz in Anspruch nahm. Er schlief zwar noch bei den Küchenjungen, in die Küche kam er aber nur noch zum Essen. Sein Dienst bei der Prinzessin war nicht anstrengend und von einigen Botengängen abgesehen, hatte er vielmehr den Rang eines Vertrauten Serenas. Sie behielten, ganz wie es sich gehörte, das ‚Euch' bei und sie waren auch nie wirklich allein, doch schien es Kiaran, als sei ihre Freundschaft nun nichts mehr Verbotenes. Bei den Kammerfrauen war er, auch dank Madam Wendelich, beliebt und der König und die Königin äußerten sich gelegentlich wohlwollend über die Veränderungen, die sie an ihrer Tochter bemerkten. Serena war fröhlicher und ausgelassener als jemals zuvor. Doch auch diese Veränderungen bemerkte Kiaran nicht, schließlich kannte er sie nicht anders. Ihre Herzlichkeit ließ ihn oft vergessen, dass er Prinzessin Serena und

nicht Senn vor sich hatte. Doch die echte Senn, mit der er die Stadt erkundet hatte und nachts die Sterne gezählt hatte, zeigte sich niemals.
Bis zu dem Tag, an dem er Serena mit verweinten Augen in ihren Gemächern vorfand.
Der Tag hatte wie immer mit einem kurzen Besuch bei Madam Wendelich begonnen. Als er dann aber die Gemächer der Prinzessin betrat, traf er eine aufgelöste Amme und ein beleidigtes Kammerfräulein an.
Das Mädchen meinte mit einem Blick zur Tür: „Du solltest da besser nicht hinein gehen."
„Warum denn nicht?", fragte Kiaran verwirrt.
Die Amme zuckte mit den Schultern: „Soll er doch gehen. Vielleicht beruhigt das die Hoheit."
Verwundert betrat Kiaran die Gemächer der Prinzessin. Serena saß auf dem Boden und spielte mit den Scherben einer Vase. Er war bestürzt, denn so hatte er die junge Frau noch nie gesehen. Als sie Kiaran gewahrte, zwang sie sich zu einem Lächeln. Dann sah sie, dass er die Tür hinter sich zugezogen hatte und das Lächeln verschwand augenblicklich. Serena sprang auf und barg ihren Kopf an der Brust des erschrockenen jungen Mannes.
„Sie wollen, dass ich heirate!" Ihre Stimme zitterte und in ihren Augen glitzerten Tränen.
Kiaran war wie gelähmt. Noch nie war er der Prinzessin so nah gewesen und ihre Nähe überwältigte ihn. Auch Serena schien sich der verfänglichen Situation wieder bewusst zu werden und ließ ihn abrupt los. Sie wischte sich die Augen und zwang sich erneut zu einem Lächeln, diesmal mit Erfolg.
„Entschuldige, es...es macht mich nur so wütend, dass sie über mich entscheiden wollen wie über eine... eine Sache! Heiraten! Irgend so einen Adligen, den ich nicht einmal kenne!"
Kiaran atmete tief durch. „Du kannst ihn dir immerhin aussuchen. Wenn du Königin wirst, brauchst du schließlich jemanden, der dich unterstützen kann."
Er bereute die Worte noch während er sie aussprach. Doch Serena schien etwas beruhigt.
„Vielleicht hast du Recht. Ich sollte mich nicht immer beklagen; es gibt schließlich Menschen, denen es wirklich schlecht geht."
Ihre Gestalt straffte sich und sie zupfte ihr Kleid zurecht. „Kiaran,

du... Ihr könnt die anderen hereinlassen."
Kiaran war innerlich wie zu Eis erstarrt, aber er tat, wie ihm geheißen. Serena war wieder zur Prinzessin geworden. Da er ihr jedoch den Rücken zuwandte, sah er nicht, dass ihre Augen lautlos weinten.

Der große Ball, zu dem alle jungen Adligen des Landes geladen waren, rückte immer näher. Die Nachricht, dass die Prinzessin sich vermählen würde, hatte sich wie ein Lauffeuer verbreitet. Das ganze Land schien vor Neugierde zu platzen. Da Kiaran nun wieder in der Küche gebraucht wurde, sah er die Prinzessin nur selten. Er wusste nicht, ob er sich darüber freuen sollte oder nicht.
Am Tag des großen Balls fühlte Kiaran sich unglücklicher und schlechter als jemals zuvor. Gegen Nachmittag bat er dann Meister Georg, sich hinlegen zu dürfen. Dieser war nicht sehr begeistert, denn jede Hand wurde schließlich gebraucht, aber da der junge Mann wirklich müde und hohlwangig aussah, ließ er ihn gehen. Lange wälzte sich Kiaran auf seinem Lager. Der Schlaf wollte ihn einfach nicht überkommen und sogar durch die dicken Mauern vernahm er ausgelassenes Gelächter. Er hielt es einfach nicht mehr aus.
Draußen war es bereits dunkel und die Gesinderäume waren verlassen. Der Ball musste schon in vollem Gange sein. Kiaran wusste nicht, wohin er gehen sollte, und so führten ihn seine Schritte ungewollt vor Madam Wendelichs Waschküche. Entgegen seiner Erwartung traf er die oberste königliche Kammerfrau dort an. Sie war allein und hatte die Arme bis zu den Ellenbogen in dickem Seifenschaum versenkt. Als er die Waschküche betrat, sah sie auf.
„Aber Junge, was machst du denn hier unten? Dass eine alte Schachtel wie ich kein Gefallen an Festlichkeiten mehr findet, ist nichts Ungewöhnliches, aber ein junger Bursche wie du sollte feiern! Die Prinzessin heiratet ja nicht alle Tage."
Sein Gesicht sprach Bände. Madam Wendelich wischte sich die nassen Hände an ihrer Schürze ab und eilte zu Kiaran. Sie nahm ihn in die Arme und er ließ es wortlos geschehen.
„Mein armer, armer Junge! Ich hätte es wissen sollen! Du liebst die Prinzessin, nicht wahr?"
Er wusste nicht, was er darauf hätte antworten sollen, und so schnaubte er kurz, was ja oder nein hätte heißen können. Die oberste Kammerfrau streichelte ihm über das Haar, dann nahm sie ihn bei

den Schultern und sah ihm fest in die Augen.
„Junge, da nützt jetzt kein Heulen und Toben. Komm mit!" Und sie schob ihn vor sich her in Richtung ihrer eigenen Kammer, wo sie ihn auf einen Stuhl drückte. Er wusste nicht, wie ihm geschah, und so ließ er sie gewähren.
Madam Wendelich öffnete eine ihrer großen Truhen. Kiaran hielt erstaunt den Atem an, denn die oberste königliche Kammerfrau hielt in ihren Händen ein wunderschön gearbeitetes Festgewand. „Das müsste dir passen. Er hatte damals deine Statur." Ihre Augen blickten kurz in die Ferne.
„Ach was, dir soll es nicht so ergehen wie mir vor langer, langer Zeit. Pass auf, damit wird aus Kiaran dem Küchenjungen der Prinz aus dem Schneeland!"

Serena hatte mit einem der unzähligen jungen Adligen getanzt, die sie nicht auseinander halten konnte, und auch dieser hatte ihr, wie alle anderen, schöne Augen gemacht und sie mit netten Nichtigkeiten umgarnt. Doch sie war nicht so richtig bei der Sache und so hatte auch dieser sie bald wieder etwas enttäuscht an ihren Platz zurück gebracht, wo sie sogleich von einer der Damen in ein Gespräch verwickelt worden war.
Sie überlegte gerade, ob sie sich nun dem nächsten Verehrer zuwenden oder sich einfach entschuldigen und gehen sollte, als sie eine Gestalt gewahrte, die etwas abseits stand und den Damen und Herren auf der Tanzfläche zusah. Die Prinzessin hatte den jungen Mann noch nie gesehen, aber irgendetwas an ihm faszinierte sie. Er trug ein edles, silbernes Gewand, das seine helle Haut und die fast weißen Haare auf irritierende Weise ergänzte und betonte. Gebannt starrte sie ihn an. Auch er hatte ihren Blick bemerkt und kam lächelnd auf sie zu. Einige der Anwesenden hatten die silberne Gestalt jetzt auch gewahrt und hielten erstaunt in ihrem Tanz inne. Als er nun vor ihr stand, erkannte Serena ihn.
„Kiaran!", entfuhr es ihr.
Sein Lächeln wurde etwas verlegen und er verbeugte sich.
„Darf ich um diesen Tanz bitten, Hoheit?"
Ohne zu antworten nahm sie seine Hand und zog ihn auf die Tanzfläche. Neidische Blicke trafen den jungen Mann, als er und Serena tanzten. Sie wechselten kein einziges Wort, ließen einander aber nicht aus den Augen. Später, nach mehreren pflichtbewussten

Tänzen mit anderen, tanzten sie wieder miteinander und ihre Leichtigkeit ließ alle innehalten.
Der Abend war schon lange der Nacht gewichen, als sich der Ball langsam dem Ende näherte. Die Prinzessin sollte nun, so war es Brauch, die Herren benennen, die sie in die engere Wahl gezogen hatte. Die endgültige Entscheidung sollte dann drei Tage später gefällt werden.
Kiaran stand verloren am Rand. Er wusste nicht, was er tun sollte, und Verzweiflung wollte sich seiner bemächtigen. Da ließ ihn die Stimme der Prinzessin aufhorchen.
„Ich danke Euch allen für Euer kommen und hoffe, dass Ihr den Ball genossen habt. Es mag unüblich sein, aber ich habe meine Wahl bereits getroffen." Ein Raunen ging durch die Menge und die Gesichter der von sich selbst überzeugteren Jünglinge erhellten sich. Serenas Stimme war hell und klar.
„Kiaran!"
Kiaran war benommen. Hatte sie gerade seinen Namen genannt? Das konnte doch nur ein Traum sein, so leicht wie er sich mit einem Mal fühlte!
Doch als Serena nun durch die Menge auf ihn zu schritt, wusste er, dass dem nicht so war. Sie nahm ihn bei der Hand und führte ihn zum König und zur Königin. Beide schienen verwirrt.
„Ist das nich...", setzte der König an, aber seine Frau legte ihm die Hand auf den Arm.
„...der Mann, den ich heiraten werde!", beendete Serena den Satz.
„Wenn du willst", fügte sie leise hinzu und sah Kiaran an.
Das fast unhörbare „Ja" war kaum über seine Lippen gekommen, da hatte sie auch schon sanft seinen Kopf gefasst. Als sie sich küssten, begannen die ersten zu applaudieren und nach und nach stimmten auch die abgewiesenen Herren mit ein.

Kiaran brauchte einige Zeit, um sich an sein neues Leben als ‚Weißer Prinz', wie er von nun an vom Volk genannt wurde, zu gewöhnen.
Die Hochzeit des Weißen Prinzen und der Prinzessin Serena fand zwei Wochen später statt. Das Fest war eines der prächtigsten, das je im Land gefeiert worden war. Spielleute und Gaukler aus allen Herren Ländern waren zusammen gekommen. In der Stadt hatten sich sogar Zigeuner eingefunden, die als die besten Geschichtenerzähler galten und auf allen Festen gern gesehene Gäste waren.

Das Fest währte nun schon den ganzen Tag und das junge Paar fühlte sich ganz trunken vor lauter Glück und Musik. Der Saal war zum Bersten voll. Nur Kiaran mit seiner hellen Haut, die er nie mehr verbergen wollte, hob sich von der Menge ab.
Serena hatte sich gerade gesetzt, als mit einem Mal eine alte Frau vor ihr stand. Ihre weiten Kleider und die Tätowierungen im Gesicht und auf den Händen kennzeichneten sie als Zigeunerin.
Die Alte lächelte: „Ich werde dir die Zukunft lesen, das ist bei uns so Brauch."
Die Prinzessin war verwundert, ließ es aber geschehen, dass die Frau ohne auf Antwort zu warten ihre Hand nahm. Lange musterte diese die Linien auf Serenas Handfläche. Dann zog die Alte ein kleines Amulett hervor, das mit seltsamen Mustern verziert war, und legte es dem Mädchen in die Hand.
„Dies soll er von nun an immer tragen und weder beim Schlafen noch Baden ablegen. Sie ist eifersüchtig!" Ihr Blick glitt aus dem Fenster, wo ein voller, weißer Mond vom nächtlichen Himmel die Stadt beschien.
Von einem seltsamen Gefühl befallen, sah sich Serena nach ihrem Mann um. Kiaran, der dies bemerkt hatte, kam lächelnd auf sie zu und sein Haar leuchtete silbern im Mondlicht, das durch die großen Fenster fiel. Sie wollte sich wieder der Alten zuwenden und fragen, was genau sie denn gemeint hatte, doch die Zigeunerin war verschwunden und niemand anderes schien sie bemerkt zu haben.
Als das Paar schließlich alleine war, gab Serena ihrem Kiaran das Amulett als Hochzeitsgeschenk und er versprach, es nie wieder abzulegen.

Die Jahre zogen ins Land. Dem Paar waren inzwischen zwei Kinder geboren worden, ein Mädchen und ein Junge. Es waren glückliche Jahre für die junge Familie. Serena und Kiaran übernahmen nun mehr und mehr Aufgaben des Königspaares. Der junge Mann schrieb seinen Zieheltern oft Briefe, die er von Tauben überbringen ließ, da berittene Boten viel zu lange gebraucht hätten. Prinz und Prinzessin erfreuten sich großer Beliebtheit; Kiaran hatte nicht vergessen, dass er nicht am Hof geboren worden war und tat viel für die Armen des Landes.
Im siebten Jahr nach ihrer Hochzeit saß Kiaran eines Abends auf dem kleinen Balkon, zu dem ihn Serena einst geführt hatte, als

Musik durch die Nacht an sein Ohr drang. Verwundert beugte er sich über das Geländer, um besser sehen zu können. Unter ihm auf dem Platz vor den Portalen des Schlosses flackerte ein Feuer und Schatten wiegten sich im Tanz zu Fidel und Flöte. Die Musik brachte etwas in ihm zum Klingen. Er musste erfahren, wer die Musiker waren!

Flink huschte er in seine Gemächer. Leise, um Serena nicht zu wecken, nahm er ein einfaches Gewand aus der Truhe und machte sich so verkleidet auf den Weg. Er kannte jeden Winkel und jeden Gang des Schlosses und bald stand er vor den Toren.

Langsam ging er zu den Musikern. Es waren Zigeuner, die die Nacht zum Leuchten brachten.

Eine Zigeunerin tanzte wilder und leidenschaftlicher als alle anderen und wie magisch zog es Kiaran zu ihr hin. Sie gewahrte ihn zuerst und mit einem warmen Lächeln nahm sie ihn bei der Hand und zog ihn in den Kreis. Der Tanz begann und die Nacht ging in Flammen auf.

Am nächsten Morgen war Kiaran unauffindbar. Die besorgte Prinzessin ließ das ganze Schloss durchsuchen und dann, als man von ihrem Gemahl keine Spur fand, die gesamte Stadt. Eine Wache brachte ihr schließlich das Amulett der alten Zigeunerin, das sie Kiaran zur Hochzeit geschenkt hatte. Die Kette war gerissen.

Von ihm selbst fehlte jede Spur.

Daraufhin sandte Serena Boten in alle Provinzen des Landes, um nach den Zigeunern zu suchen, doch sie waren schon lange nicht mehr gesehen worden.

Die Tage und Jahre zogen ins Land und die Prinzessin trauerte. Doch dann, eines Nachts, als sie auf dem kleinen Balkon stand, ihren Sohn auf dem Arm, kam ein weißer Mond hinter den Wolken hervor und mit einem Mal war es ihr, als ob Kiarans Hand ihre Wange streichelte.

Und nach langer, langer Zeit lächelte sie wieder.

Weit entfernt klopfte es in einer Mondnacht an die Tür einer Hütte. Die Frau öffnete und als sie den unverhofften Besuch gewahrte, rief sie ihren Mann. Die Besucherin war eine alte Zigeunerin, die die beiden aus wachen Augen ansah.

„Er ist zurückgekehrt", sagte sie.

Der Mann und die Frau sahen sich lange an. Als sie sich wieder der Zigeunerin zuwenden wollten, war niemand mehr zu sehen.

Der Mann schloss die Tür. „Wir sollten die Prinzessin besuchen", sagte er.
Seine Frau nickte lächelnd. „Und die Kinder."
Über dem Land schien der Mond vom sternenklaren Himmel.

Schicksal

She is the last one
Of the Old Ones,
Of the old ancient Gods,
Long lost in time
She is the Goddess of Fire,
Daughter of Dawn

Don't burn yourself
When you touch her,
Don't burn your lips
When you kiss her face

Dunkelheit umgab sie.
Und dann Kälte.
Sie erwachte auf einem Schlachtfeld, umgeben von Toten. Der Regen fiel in dünnen, eisigen Fäden vom Himmel. Sie brachte sich in eine sitzende Position und sah an sich herab. Ihr Brustpanzer war zerbrochen und blutbefleckt, doch sie selbst schien einigermaßen unverletzt. Zumindest würde sie am Leben bleiben.
Sie wusste nicht, wie sie hierher gekommen war. Mühsam rappelte sie sich endgültig auf und wagte einige wacklige Schritte. Fast wäre sie gestürzt, es war, als müsse sie mit fremden Beinen und nicht mit ihren eigenen laufen. Die ganzen Waffen, die an ihrem Gürtel hingen, waren ungewohnt und sie entledigte sich ihrer. Auch die Reste des Brustpanzers fielen auf den regen- und blutdurchweichten Boden. Jedenfalls wusste sie nun, dass sie eine Söldnerin war.
Die Schlacht hatte in einer Ebene stattgefunden, doch in der Ferne waren Berge zu sehen. Diese Richtung schlug die Söldnerin ein.
Es war schwer, auf dem zerstörten Boden zu laufen, einige Male stürzte sie über von Schlamm bedeckte Waffen und einmal auch über einen der Toten. Es waren so unheimlich viele, bleiche Gestalten in durchnässten Rüstungen mit vom Regen aufgedunsenen, leeren Gesichtern, in manchen steckten die Waffen, die sie getötet hatten. Doch sie schenkte ihnen nicht viel Beachtung, sie hatte den Blick

fest auf die Berge am Horizont gerichtet.
Langsam gewöhnte die Söldnerin sich an diesen Körper, jedenfalls fühlte es sich so an. Und waren da nicht Erinnerungen, blasse Bilder, die aber an Stärke gewannen, mit jedem Schritt?

Wie lange sie schon gelaufen war, wusste sie nicht, aber langsam machten sich Hunger und Durst bemerkbar. Da nun fast keine Toten mehr zu sehen waren und auch der Boden nicht mehr wie eine einzige schlammige Wunde aussah, wagte sie schließlich, aus einer Pfütze zu trinken. Das Wasser schmeckte erdig und war eiskalt, doch es löschte ihren Durst.
Als sie wieder aufsah, wurde die Söldnerin zweier Gestalten gewahr, die auf sie zu kamen. Sie waren in weite, braune Gewänder gehüllt und auf ihre Stirn war ein Zeichen tätowiert, welches einer kleinen Flamme ähnelte. Beide hatten schulterlange, glatte Haare und sehr ebenmäßige Gesichter. Erst beim Sprechen fiel auf, dass sie verschiedenen Geschlechts waren.
„Wir haben uns nicht getäuscht, eine weitere Überlebende!", dies war die Stimme eines Mannes.
„Die Arme, sie muss Schreckliches erlebt haben!", das war die Stimme einer Frau. Dann sprach die Frau zur Söldnerin gewandt: „Wie heißt du?"
„Ich... weiß noch nicht."
Die Frau blickte sie mitleidig an. „Du Ärmste, du hast das Gedächtnis verloren! Aber das macht nichts, du wirst dich schon wieder erinnern. Komm erst einmal mit uns."
Die Söldnerin wusste nicht, was sie anderes hätte tun sollen, und so folgte sie den beiden.
Der Weg war nicht sehr weit. Die Söldnerin hatte den Wald nicht sehen können, dem sie sich nun näherten, denn er lag in einer Senke. Eigentlich war es mehr ein Absenken des gesamten Geländes, eine riesige, ebene, dunkelgrüne Decke erstreckte sich soweit das Auge reichte.
Der Mann und die Frau – sie sahen sich wirklich sehr ähnlich – lächelten ihr immer wieder zu. Sie erwiderte es, aber es war nicht mehr als ein Reflex. Die Söldnerin fühlte sich, auch wenn der Körper sich nun normal anfühlte, sehr merkwürdig. Alles war sehr unwirklich.
Es führte ein schmaler, jedoch von Pflanzen freigehaltener Pfad in

das grüne Gewirr des Waldes, welchen ihre Begleiter in den braunen Gewändern einschlugen.
Dieser Wald ist wunderschön, dachte die Söldnerin, voller Leben und Ruhe. Die Pflanzen wurden immer dichter. Es war herrlich und sie war beinahe etwas enttäuscht, als sich vor ihnen plötzlich eine Lichtung öffnete.
„Wir sind da", sagte der Mann. „Nun kannst du dich endlich ausruhen."
Die Frau hatte den zweifelnden Blick der Söldnerin bemerkt, denn sie deutete auf eine Gruppe außergewöhnlich großer Bäume in der Mitte der Lichtung, die auf einem verwitterten Felsen zu wachsen schienen. „Sieh nur genau hin."
Die Augen der Angesprochenen wurden groß. Was sie für Bäume und Fels gehalten hatte, war in Wirklichkeit eine Art von Gebäude, eine faszinierende Einheit von Lebendigem und Unbelebtem.
„Die wenigsten wissen, dass wir hier sind, in diesem Wald. Sonst hätten sie ihr Schlachtfeld nicht direkt vor unsere Tür verlegt." In der Stimme der Frau war Traurigkeit. „Doch komm erst einmal herein."
„Was ist das für ein Gebäude?" Eine leichte Neugier hatte sich in der Söldnerin breitgemacht.
„Du wirst schon sehen", meinte der Mann nur lächelnd.
Vor ihnen öffnete sich überraschend eine Tür, welche von außen nicht zu erkennen gewesen war. Das Innere des Gebäudes war dämmrig, dabei von zahlreichen Kerzen erhellt, die überall brannten. Ihre Augen brauchten einige Sekunden, um sich an das schummrige Licht zu gewöhnen. Was die Söldnerin dann erblickte, erstaunte sie, auch wenn es in unmittelbarer Nähe eines Schlachtfeldes wohl das Normalste war: Der Raum war ein Krankenlager. Der Boden war dicht mit Decken ausgelegt, auf denen unzählige Verletzte lagen, Männer wie Frauen, dazwischen eilten braungewandete Gestalten umher, welche alle das Flammenzeichen auf der Stirn trugen.
Der Mann machte eine einladende Handbewegung. „Willkommen im Tempel der Göttin des Feuers. Wenn du dich etwas erholt hast, zeigen wir dir unser Heiligtum." Damit ließ er sie stehen, vermutlich, um sich an der Arbeit zu beteiligen. Es waren wirklich sehr viele Verwundete.
Ein Tempel also. Von der Göttin des Feuers hatte die Söldnerin seltsamerweise noch nie gehört, aber das konnte auch an ihrem Gedächtnis liegen, das sie immer noch im Stich ließ. Wenigstens war

sie hier in Sicherheit und in der Wärme.
Die Frau führte sie zu einem der Deckenlager in einer ruhigeren Ecke. Nachdem sie zu essen bekommen hatte und wirklich nichts mehr essen konnte, brachte man sie zu einem durch Vorhänge vor Blicken geschützten Waschplatz. Zufrieden, satt und mit frischen Kleidern ausgestattet rollte sich die Söldnerin schließlich in ihrer Decke ein.

Wie lange sie geschlafen hatte, konnte sie nicht sagen, denn es fiel nur sehr wenig Tageslicht durch den schmalen Spalt in der hohen Gewölbedecke. Nur das Atmen und gelegentliche Stöhnen der Verwundeten war zu vernehmen. Als man bemerkte, dass sie wach war, wurde die Frau geholt, die sie gefunden hatte.
„Wie schön, du siehst schon viel besser aus!" Das Lächeln der Frau war herzlich. „Zum Glück sahen deine Verletzungen schlimmer aus als sie waren."
Die Söldnerin hatte nichts davon bemerkt, aber nun sah sie, dass man die tiefen Kratzer auf ihren Armen mit einer Art Salbe bestrichen hatte.
„Wenn du möchtest, können wir nun das Heiligtum besuchen", fuhr die Frau fort.
Die Söldnerin hatte nicht die geringste Ahnung, was sie wohl erwarten würde, aber neugierig war sie schon. Außerdem wäre es sehr eintönig gewesen, liegen zu bleiben.
Der Eingang zum Heiligtum befand sich am hinteren Ende des großen Raumes und war mit einer Decke verhängt, die von der Frau zurückgeschlagen wurde. „Komm!"
Gemeinsam traten sie in den menschenleeren Raum dahinter. Er war kleiner als der andere, wurde aber nicht nur von Kerzen, sondern auch von mehreren Feuerpfannen erhellt, die ihm mit ihrem Flammenspiel eine geheimnisvolle Tiefe verliehen. Die Bäume hatten sich mit ihren dicken Wurzeln bis in den Raum vorgewagt, so dass es aussah, als umschlängen sie ihn zärtlich. Doch das wirklich Beeindruckende war der Altar in der Mitte des Raumes. Er bestand aus einem unbearbeiteten Felsen und war über und über mit Kerzen aus farbigem Wachs bedeckt. Auf dem Altar stand die wunderbar gearbeitete Statue einer nackten Frau mit wallendem Haar, das an Flammen erinnerte. Wurzeln, die sich seltsamerweise durch den Altar gegraben haben mussten, hielten die Statue wie Tücher um-

schlungen, ganz so, als müssten sie ihre Blöße bedecken. Der Anblick war atemberaubend schön, fand die Söldnerin.
Dann schrie sie gellend auf.
Die Statue hatte ihr Gesicht.
Von dem Schrei erschrocken kamen mehrere der Braungewandeten herbeigeeilt. Die Söldnerin war auf dem Boden vor dem Altar zusammengesunken, ihre verwirrte Begleiterin wusste nicht, was sie tun sollte.
„Ein...einen Spiegel, bitte." Ihre Stimme zitterte so stark, dass alle glaubten, die Söldnerin breche nun endgültig zusammen, doch sie saß nur da und war auch nicht zum Aufstehen zu bewegen.
Als man ihr eilig einen kleinen Spiegel reichte, sah sie ihr Gesicht zum ersten Mal. Sie hatte sich geirrt. Ihr Gesicht war sehr schmal und, sofern sie in dem flackernden Licht erkennen konnte, braungebrannt wie das eines Menschen, der im Freien lebt. Es hatte mit dem fast schon überirdischem Gesicht der Statue genau so wenig Ähnlichkeit, wie ihr kurzes, glattes Haar mit den üppigen Locken der steinernen Frau. Doch dann sah sie es.
Dort, hinter dem Gesicht der Söldnerin, da war ein zweites Gesicht im Spiegel. Es war von dem ersten wie überlagert und sie konnte es nur sehen, wenn sie auf ganz bestimmte Weise hinsah. Diese zweite Gesicht war das Gesicht der Statue.
Und plötzlich wusste sie wieder, wer sie war.

Die Göttin des Feuers schrie kein weiteres Mal, es wäre nur verschwendete Kraft gewesen. Die Erinnerungen an die unzähligen Leben, die sie gelebt hatte, in ihrem Herzen, verließ sie noch zur gleichen Stunde ihren Tempel und hinterließ eine verwirrte Schar ihrer Anhänger, die nicht die geringste Ahnung hatten, wen sie als Gast in ihrem Tempel beherbergt hatten.
Dann machte sich die Göttin des Feuers auf, ihr nächstes Leben zu leben, so wie sie es schon immer getan hatte.
Ihr Schicksal war auf ewig mit dem der Menschen verbunden, daran konnte auch die letzte aus dem Geschlecht der alten Götter nun einmal nichts ändern.

Ende und Anfang

„Da bist du ja endlich", sagte sie.
Natürlich hatte sie ihn nicht kommen hören. Doch sie hatte gewusst, dass sie nur auf ihn hatte warten müssen, dort auf der kleinen Bank auf dem Hügel, von dem man eine so gute Sicht über die Felder hatte. In der Ferne konnte man sogar die Lichter der Stadt sehen.
Er wandte ihr das Gesicht zu, die Arme locker auf die Knie gestützt.
„Bist du sicher, dass du bereit bist?", fragte er und das Licht des fast vollen Mondes spiegelte sich in seinen Augen, die aus blauem Glas zu bestehen schienen. Augen, die nicht die geringste Gefühlsregung verrieten.
Sie lachte hell auf. „Was glaubst du denn, warum ich sonst hier sitzen würde?"
Es fröstelte sie etwas in dem leichten Sommerkleid. Der Herbst war nicht mehr allzu fern, aber dieses Kleid war ihr doch am passendsten erschienen.
„Ich habe wirklich alles getan, was ich im Leben tun wollte", fuhr sie fort. „Ich bin jetzt neunundfünfzig Jahre alt. Ich habe zwei Kinder großgezogen und das mit Erfolg, wie ich meine. Ich habe die Welt gesehen und versucht, sie etwas besser zu machen. Ich bin zufrieden mit dem, was ich so alles erreicht habe. Ich habe geliebt und getrauert. Mein Mann ist vor zwei Jahren gestorben. Aber das weißt du ja alles."
Er nickte und in sein ungewöhnlich helles, wie gemeißeltes Gesicht stahl sich ein Lächeln, das seine weißen Zähne aufblitzen ließ.
„Ja, das weiß ich alles."
Er hatte wirklich etwas Raubtierhaftes. Seine Nähe war ungewohnt. Sie hatte immer versucht, ihn sich vorzustellen und doch war es ihr nie ganz gelungen. Wie konnte sich ein Mensch auch nur vorstellen, wie das Mondlicht mit seinem goldenen Haar spielte oder wie fließend seine Bewegungen waren. Ja, er war schön, einem jungen Gott gleich und doch so unbeschreiblich fremd und anders. Er erinnerte sie an ein exotisches Insekt, faszinierend und tödlich.
Eine Weile herrschte Stille zwischen ihnen. Sie versuchte, sich zu entspannen, es gelang ihr aber nicht ganz. Dieses Kribbeln in ihrem Bauch war neu und doch bekannt, sie fühlte sich ein bisschen wie frisch verliebt. Ganz so, wie es sein sollte.
„Ich war heute sogar noch beim Frisör", begann sie erneut. „Wenn

ich ehrlich bin, habe ich die letzte Zeit eigentlich nur damit verbracht, mich wieder in Form zu bringen. Nun ja, in meinem Alter ist man halt nicht mehr ganz so fit. Schließlich werde ich auch bald Großmutter." In ihrer Stimme schwang ein Hauch von Stolz mit.

„Und alles Formelle ist auch erledigt", griff er ihre Gedanken auf, die für ihn so klar waren, als hätte sie sie ausgesprochen.

„Ja, alles ist erledigt und das Testament geschrieben. Ich werde wenigstens keine Unordnung hinterlassen. Fehlen werden sie mir aber alle, denke ich." Sie seufzte tief.

Sein Körper spannte sich unmerklich und die kalten Augen wurden schmal. Sie wusste, er würde nicht mehr länger warten. Die Entscheidung war schon längst gefallen.

„Also?"

Seine Stimme war Stahl und Seide und sie wusste nicht einmal, ob er wirklich gesprochen hatte.

„Ich bin bereit", flüsterte sie und damit sagte sie allem Lebewohl, was sie bis dahin gekannt hatte.

In seinen Armen starb sie, starb für ihn, diesen dunklen Engel, der Kuss der Ewigkeit.

Sie starb und wurde der Dunkelheit wieder geboren, dort auf dem Hügel unter dem fast vollen Mond.

Was passiert, wenn Wölfe auf Werwölfe treffen?

Winter

Sie witterte. Ja, sie hatte sich nicht getäuscht. Es hatte begonnen. Sie waren wieder da.

Niemand wusste, wie lange es schon vor sich hin gebrodelt hatte, ohne dass jemand auch nur das Geringste bemerkt hatte. Dass es schon viel früher begonnen hatte, war ohne Frage, denn alle Ereignisse, besonders die großen, brauchen Zeit um zu reifen.
Es war Winter, als es wirklich begann, die Zeit im Jahr, die den Menschen im Norden am meisten Respekt einflößt und in der die düsteren Geschichten ersonnen werden, mit denen man unartige Kinder erschreckt.
Die kleine Stadt war eigentlich ein sehr friedlicher Ort und so war Hauptkommissar Janke wirklich sehr überrascht, als er zum ersten Toten gerufen wurde. Spaziergänger hatten den Mann in einem Gehölz nahe der Stadt gefunden. Nach eingehender Betrachtung – was sehr schwierig gewesen war, da dem Mann praktisch das halbe Gesicht sowie die Kleidung zerfetzt worden war – war er als einer der bekannten Stadtstreicher identifiziert worden. In der Nacht war Schnee gefallen, so dass keine Spuren gefunden wurden. Der Mörder war clever gewesen.
Da war nur die Leiche.

Es war früher Abend. Hauptkommissar Janke hatte seit der Entdeckung des Toten am Morgen den Tag damit zugebracht, nach irgendwelchen Anhaltspunkten zu suchen, die etwas Licht in die ganze Sache bringen konnten. Immer wieder besah er sich die Fotos vom Tatort, die ihm ein leichtes Unwohlsein bereiteten, und überlegte fieberhaft, weshalb jemand einen Stadtstreicher ermorden sollte. Vielleicht nicht jemand, sondern etwas, schoss es ihm mit einem Mal durch den Kopf. Sein Büro kam ihm plötzlich sehr viel dunkler vor und er machte seine zweite Schreibtischlampe an. Als ihm seine Reaktion bewusst wurde, lachte er auf. Welches Tier, um Himmelswillen, konnte so etwas anrichten? Ein Bär? Wölfe? Das war lächerlich. Diese Tiere waren schon seit vielen Jahren nicht mehr in dieser Region gesichtet worden. Der Hauptkommissar schob den Gedanken rasch in die hinterste Ecke seines Gedächtnisses.

Es war kalt, so kalt. Sie musste sich schnell etwas Warmes zum Anziehen besorgen oder sie würde noch erfrieren. Und das war ganz und gar nicht geplant. Die kleine Stadt war aber nicht mehr weit, sie konnte die wenigen Lichter durch die Bäume sehen, die zu dieser Stunde noch brannten. Vielleicht fand sie ein offenes Fenster oder ein paar Kleidungstücke auf einer Leine. Nicht jeder hier hatte Waschmaschine und Trockner und Wäsche musste nun einmal gewaschen werden, ob Winter oder nicht.

Hauptkommissar Janke wünschte dem Dienst habenden Polizeibeamten eine gute Nacht und schloss die Tür der kleinen Polizeiwache. Es war schon sehr spät und seine Frau war sicher schon zu Bett gegangen. Da er nur zwei Straßen weiter wohnte, ging er stets zu Fuß. Doch nach dem Fund des entstellten Toten am Morgen fühlte er sich nicht ganz wohl in der Dunkelheit auf offener Straße und war froh, eine Waffe tragen zu dürfen. Es war kalt und so beschleunigte er seine Schritte. An der nächsten Straßenecke stockte er plötzlich. Dort auf der anderen Seite stand eine Frau. Das wäre nun an sich nicht weiter ungewöhnlich gewesen, aber diese Frau war nackt.
Verwundert kniff der Hauptkommissar die Augen zusammen. Als er sie wieder öffnete war die Frau verschwunden. Seine Sicht war nicht mehr die beste und zudem war das Licht der Straßenlaterne sehr schwach. Er schrieb die Erscheinung kurzerhand seiner Müdigkeit zu und machte sich keine weiteren Gedanken darüber.

Am nächsten Morgen fand man den zweiten Toten. Diesmal waren es einige Schulkinder, die auf die Leiche gestoßen waren. Der Mann konnte schnell identifiziert werden, denn er lag – zum Glück der Kinder etwas zugeschneit – nicht weit von seinem Taxi entfernt, das am Ortsschild stand. Auch sein Gesicht war zerrissen worden.
Da es ein Montag war, waren auch mehr Leute unterwegs als am Tag zuvor und so hatte sich um den Tatort bald eine Menge versammelt. Natürlich war auch die Presse nicht mehr weit, noch am selben Abend gab es eine Sonderausgabe des Lokalblattes.
Doch darum machte sich Hauptkommissar Janke keine Gedanken, als man ihn zum Ort des Geschehens rief. Er war müde und hatte

sich auch noch mit seiner Frau Rieke gestritten, wobei es natürlich um seine Überstunden gegangen war. Er hörte sich gerade den Bericht des fröstelnden Polizisten an, der über Nacht Dienst gehabt hatte und als erstes am Tatort gewesen war, als er plötzlich leicht zusammenfuhr. Er war vergangenen Abend wohl doch nicht seiner Müdigkeit aufgesessen, denn da war sie wieder, die Frau von der Straße. Normal bekleidet, die langen schwarzen Haare auch nicht offen, sondern hochgesteckt, stand sie inmitten der Neugierigen. Sie schien den erschrockenen Blick des Hauptkommissars bemerkt zu haben, denn sie lächelte ihm zu. Wie auch am Abend kniff er die Augen zusammen, wobei er einen schrägen Blick des fröstelnden Polizisten erntete, doch als er sie wieder öffnete, war die Frau tatsächlich verschwunden. Nun begann er doch etwas an seinem Verstand zu zweifeln.

Bis zum Abend. Den Tag über war die Hölle los gewesen. Zuerst waren da die Reporter gewesen, für die das Ganze ein gefundenes Fressen war, dann die unzähligen Anrufe besorgter Bewohner und zu guter Letzt, was den Hauptkommissar aber am meisten beunruhigte, war da die kurze Mitteilung eines Kollegen aus einer Nachbarregion. Es waren wieder Wölfe gesichtet worden, mehrere Male sogar, meist von Jägern oder Förstern. Die Tiere schienen zu wandern.

Hauptkommissar Janke erinnerte sich wieder an den vergangenen Abend, an den Gedanken, der ihm gekommen war...

Ein energisches Klopfen an der Tür zu seinem Büro ließ ihn aufsehen. Ein so später Besucher konnte nur eines bedeuten: Überstunden. Und das wiederum morgendlichen Streit. Doch die Besucherin ließ ihn dies sofort vergessen. Es war die Frau, die er vergangenen Abend nackt auf der Straße und an diesem Morgen bekleidet unter den Schaulustigen gesehen hatte. Sie musterte kurz die Fotos der beiden Tatorte, die verstreut auf dem Schreibtisch lagen. Dann, als wäre ihr jetzt erst bewusst geworden, dass sie nicht allein im Raum war, schenkte sie dem Hauptkommissar ein strahlendes Lächeln. „Du bist noch im Dienst, oder?"

Irritiert von ihrem plötzlichen Auftauchen und der vertraulichen Anrede dauerte es ein paar Sekunden, ehe er antwortete: „Ja, aber ich war gerade am Gehen. Wie kann ich Ihnen helfen?"

Der Blick ihrer sehr dunklen Augen wurde ernst. „Nun, ich denke, du weißt, um was es geht", sagte sie und deutete knapp auf die verstreuten Fotos.

Nun hatte sie das Interesse des Hauptkommissars geweckt.
„Setzen Sie sich", erwiderte er im gewohnten Befehlston, während er eines der Protokollpapiere hervorzog, die Fotos beiseite wischend. „Was wissen Sie über die Vorfälle?"
Die Frau – Asiatin, wie der Hauptkommissar vermutete – setzte sich und meinte dann mit einem Nicken auf das Protokollpapier:
„Vielleicht sollten wir das vergessen, ja? Ach, wie unhöflich, ich vergaß, mich vorzustellen. Ich bin...", sie zögerte etwas, als müsse sie sich an ihren Namen erinnern, „...Katja."
Hauptkommissar Janke hatte in seinem Berufsleben schon einiges erlebt und so hielt er es erst einmal für das Beste, auf den Wunsch der Frau einzugehen. Er schob das Papier zurück in die Schublade.
„In Ordnung... Katja. So, was haben Sie zu erzählen?"
Wieder zögerte sie etwas, ganz so, als müsse sie sich die Worte erst zurechtlegen. „Du und diese Stadt, ihr habt ein Problem: Zwei Tote, die auf seltsame Weise zu Tode gekommen sind, keinerlei Hinweise auf den Hergang der Morde, die Gründe dafür und – am wichtigsten – auf den oder die Mörder. Ich, das heißt wir, können dieser Stadt helfen, was aber nur heimlich geschehen kann."
„Aha", machte ihr Gegenüber, „und deshalb sind Sie ausgerechnet zur Polizei gegangen."
Sie lächelte erneut, denn die leichte Ironie in seiner Stimme war ihr nicht entgangen. „Hör einfach weiter zu. Du bist der Leiter hier, nicht? Also wird niemand fragen stellen, wenn du die Bürger veranlasst, nach Dunkelheit, sagen wir für eine Woche, im Haus zu bleiben und Fenster und Türen gut zu verriegeln. Alle Bürger, auch die Polizei. Einverstanden?"
Der Hauptkommissar war äußerlich ganz ruhig, doch in seinem Kopf arbeitet es heftig. Was die Frau, Katja, verbesserte er sich, da erzählte, klang wirklich sehr absonderlich, aber sein Gefühl sagte ihm, dass sie ganz und gar nicht verrückt war. Es war etwas an dieser so normal wirkenden, freundlichen Frau schwer schätzbaren Alters, das ihre Geschichte einfach glaubhaft machte. Und dann waren da noch seine eigenen, beunruhigenden Gedanken bezüglich der Morde... Wenn er auf ihren Vorschlag einging, eine polizeiliche Ausgangssperre zu veranlassen, was wirklich nicht allzu schwierig für ihn war, bewegte er sich in einer Grauzone, das war ihm bewusst. Hauptkommissar Janke war jedoch schon lange genug Polizist, um zu wissen, dass man aber auch die eigenen Instinkte, gerade in

seinem Beruf, nicht einfach ignorieren durfte.
„Was Sie da erzählen, Katja, ist etwas abenteuerlich, aber... ich werde Ihren Vorschlag annehmen. Ich sorge dafür, dass alle in ihren Häusern bleiben und Sie... erledigen den Rest. Hoffentlich werde ich es später nur nicht bereuen."
Ihr Lächeln war noch strahlender als zuvor, als sie sagte: „Sicher nicht! Wir sollten gehen, es ist schon spät." Dieser Gedankensprung kam so plötzlich wie ihr Auftauchen. „Ich werde dich noch begleiten."
Dagegen hatte der Hauptkommissar nichts einzuwenden, im Gegenteil, es war ihm sogar Recht, nicht allein auf die nächtliche Straße zu müssen. Schon gar nicht nach diesem Gespräch.
An seinem Haus angekommen, meinte Katja nur: „Wir sehen uns", und verschwand in der nächsten Straße.

Der folgende Morgen ließ Hauptkommissar Janke dankbar sein, den Vorschlag Katjas angenommen zu haben. Zwar war keine neue Leiche gefunden worden, aber dafür etwas anderes.
Als der Hauptkommissar an den Tatort kam, wusste er nicht so recht, was er nun davon halten sollte. Es schien ein Kampf stattgefunden zu haben, jedenfalls war auf der Wiese kurz hinter dem Ortsschild, auf der die Kinder im Sommer immer Fußball spielten, der Schnee und der Boden regelrecht aufgerissen und einer der dicken Pfosten des Fußballtores zerschmettert. Außerdem fanden sich zahlreiche Pfotenabdrücke, Fellreste und Blutspuren. Das Beunruhigendste für Hauptkommissar Janke waren jedoch die anderen Spuren im aufgewühlten Boden. Sie waren größer als die ersten und wirkten auf ihn irgendwie unförmig und verzerrt. Als dann einer der Polizisten sagte: „Das muss ja ein gewaltiger Hund gewesen sein", erwiderte er nichts. Kein Hund, nicht einmal ein sehr großer Wolf, hinterließ solche merkwürdigen Spuren! Doch dies zu erwähnen, wäre sinnlos gewesen, schließlich konnte er nichts beweisen. Die seltsame, beklemmende Atmosphäre aber, die seit dem Fund des ersten Toten herrschte, schien sich verstärkt zu haben, jedenfalls kam es dem Hauptkommissar so vor.
Noch vor dem Mittagessen war die ganze Stadt über die polizeiliche Anordnung, nach Dunkelheit im Haus zu bleiben und Fenster und Türen verschlossen zu halten, informiert. Niemand protestierte, allen schien der Ernst der Lage bewusst, auch wenn natürlich niemand

genau sagen konnte, in welcher Lage man sich eigentlich befand. Und so waren kurz nach sechs alle Straßen wie leer gefegt.

Sie waren fast da, das spürte sie. Es wurde auch langsam Zeit. Vergangene Nacht hätten sie es beinahe hinter sich gebracht, doch sie waren einfach zu wenige gewesen. Wenigstens hatten sie diese Nacht freie Bahn.

Hauptkommissar Janke war unruhig. Der Abend war schön gewesen und seine Frau Rieke froh, ihn endlich einmal wieder für sich zu haben. Nun ging es auf die zehn zu und sie war dabei, ins Bett zu gehen.
„Kommst du, Schatz?"
Eigentlich wollte er nichts lieber als das, aber er war einfach zu unruhig. „Geh schon mal vor, mir ist gerade eingefallen, dass ich was im Büro vergessen habe. Es wird nicht lange dauern."
„So, und deine eigene polizeiliche Anordnung?"
„Ja, ich weiß, aber wie du sagst, meine. Es wird wirklich nicht lange dauern und außerdem habe ich meine Waffe dabei."
Das Gesicht seiner Frau zeigte deutlich, was sie davon hielt, aber sie erwiderte seinen Kuss dennoch. Sie kannten sich schon so lange und sie wusste, dass er sich, wenn er nicht ging, die ganze Nacht nur im Bett herum wälzte.
Der Hauptkommissar hatte nicht wirklich etwas Bestimmtes vergessen, doch die Geschehnisse der vergangenen Tage ließen ihn einfach nicht mehr los. Er wollte alles noch einmal in aller Ruhe durchdenken. Die Außentür der Wache verriegelte er aber von innen, was er sonst nie tat. Sicher war sicher.
Eine halbe Stunde später hatte der Inspektor die Lösung des Rätsels gefunden. Man würde ihn zwar in die Anstalt einliefern, wenn er die Lösung offiziell verkündete – verrückt klang es auch für ihn selbst –, aber es war die einzige Möglichkeit. Die Toten, der Zustand der Leichen, die seltsamen Pfotenabdrücke... Es sah alles ganz nach der Tat eines Werwolfs aus!
Nun blieb allein die Frage, welche Rolle die Wölfe und jene Frau, Katja, spielten.
Wollten die Wölfe sich dem Biest anschließen oder es bekämpfen? Die Spuren auf der Wiese deuteten eher auf Letzteres. Warum nur?
Und Katja – wobei er nun bezweifelte, dass dies ihr richtiger Name

war –, war sie das Mitglied einer Gruppe von... Monsterjägern? Aber warum hatte er sie dann nackt auf der Straße gesehen? Dass er sie gesehen hatte, daran zweifelte er allerdings nicht mehr.
Er würde sie morgen einfach mit seiner Theorie konfrontieren, aber heute konnte er nichts weiter mehr tun. Es was Zeit, nach Hause gehen. Der Gedanke, auf die Straße zu müssen, behagte ihm zwar nicht, aber er konnte die Nacht nicht auf der Wache verbringen, schließlich hatte er es Rieke versprochen.
Als er auf die Straße trat, hatte er seine Waffe gezogen, nur zur Sicherheit. Beim Losgehen gewahrte er aus dem Augenwinkel eine Bewegung am anderen Ende der Straße und für den Bruchteil einer Sekunde sah er – Katja. Es ging sehr schnell, aber er war sich hundertprozentig sicher. Er würde also heute schon seine Antworten bekommen!
Es war wirklich die dunkelhaarige Frau, das sah er, als er um die Straßenecke spähte. Vorsichtig folgte er ihr.
Er war nicht sicher, ob sie ihn bemerkt hatte, denn ihre Schritte wurden mit einem Mal schneller und führten sie zielstrebig aus der Stadt hinaus. Der Hauptkommissar blieb ihr auf den Fersen, wagte aber nicht, ihren Namen zu rufen. Katja wurde immer schneller, ließ die letzten Häuser hinter sich, bog dann scharf links zum Wald ab – und war verschwunden.
Hauptkommissar Janke sah sich um. Die Frau war wie vom Erdboden verschluckt. Ihm war plötzlich sehr unbehaglich zu Mute. Wie war er eigentlich auf die Idee gekommen, allein im Dunkeln unterwegs zu sein, nach all dem, was passiert war? Er sollte besser wieder zurückgehen.
Als er sich jedoch umwandte, wurde ihm klar, dass nicht er es gewesen war, vor dem Katja geflohen war, sondern etwas hinter ihm. Und dieses etwas kam jetzt die Straße von der Stadt hinauf, direkt auf ihn zu. Der Hauptkommissar wusste nun, von wem die grotesken Spuren im Schnee gewesen waren, denn dieses Monstrum – und nichts anderes war es – entsprach voll und ganz den Spuren, die es hinterließ. Das Wesen hatte etwa Menschengröße, doch mit völlig falschen Proportionen. Der Kopf schien seltsamerweise wölfisch, der Körper war teilweise fellbedeckt und die Arme viel zu lang. Es lief auf den Hinterbeinen, auch wenn sein Gang irgendwie hündisch war... Das ganze Ding war, wie es Hauptkommissar Janke durch den Kopf schoss, eine pervertierte, verzerrte und durch und durch falsche

Mischung aus Mensch und Wolf, eine groteske Parodie auf beide Arten und gleichzeitig keine von beiden. Es hatte ihn schon gesehen, kam auf ihn zu und sein Maul öffnete sich zu einem unheimlichen Laut, der wie Knurren und Lachen zugleich klang. Die Augen glühten in einem kranken Schein, boshaft und triumphierend.
Der Hauptkommissar suchte festen Stand, hob seine Waffe, zielte...
...doch bevor er schießen konnte, das Monstrum nur noch wenige Meter entfernt, erwachte die Nacht um ihn zum Leben. Fast lautlos brachen die Wölfe, grauen Schatten gleich, aus den Büschen am Wegesrand – und warfen sich auf das Biest!
Hauptkommissar Janke bemühte sich, einigen Abstand zwischen sich und das unheimliche Geschehen zu bringen und verfolgte aus sicherer Entfernung den Kampf. Er dauerte nicht lange. Die Wölfe waren einfach zu zahlreich, mehr als zwanzig mussten es sein, was im Getümmel jedoch nicht so genau zu erkennen war. Das Monstrum hatte dies wohl auch erkannt, denn es versuchte, schon aus zahlreichen Bisswunden blutend, in den nahen Wald zu flüchten. Das Gesträuch entzog den Flüchtenden und seine Verfolger den Blicken des Hauptkommissars, doch der markerschütternde, verzerrte Schrei, der wenig später die Dunkelheit zerriss, gefolgt von Grabesstille, war unmissverständlich. Es war vorbei.

Es war vorbei, das letzte der Monster war tot. Beinahe hätte es das Leben dieses leichtsinnigen Polizisten gekostet, aber er hatte Glück gehabt, sie waren rechtzeitig gekommen.
Sie trat aus dem Schatten der Bäume.

„Dabei hast du doch selbst Anweisungen gegeben, nach Dunkelheit im Haus zu bleiben!"
Die Stimme klang unnatürlich laut in der Stille und Hauptkommissar Janke fuhr herum. Vor ihm stand Katja.
„Was...?" Seine Stimme klang rau und er räusperte sich. „Ich hatte also Recht", sagte er leise. „Es gibt Werwölfe. Nur welche Rolle Sie... du spielst, weiß ich noch immer nicht."
Die Frau lachte hell auf. „Du hast es also selbst durchschaut? Das hätte ich so nicht gedacht. Nun, was mich betrifft... ich bin eine Wölfin."
Sie sah, wie er heftig zusammenzuckte und die Waffe hob.
„Nein, nein", fuhr sie hastig fort, „du verstehst mich falsch! Ich bin

kein Werwolf, kein Monster, sondern eine normale Wölfin!"
„Natürlich. Und deswegen nennst du dich Katja, gehst auf zwei Beinen, trägst Kleider und SIEHST AUS WIE EINE FRAU!" Der Hauptkommissar war kurz davor, Katja anzuschreien. Es war einfach alles zu viel für ihn gewesen.
Traurigkeit machte sich in ihrem Gesicht breit. „Es tut mir Leid, aber ich lüge wirklich nicht. Du musst mir glauben! Lass mich erklären!"
„Bitte, ich warte", knurrte er, hatte sich aber so weit wieder unter Kontrolle. Er war ja zum Glück kein Anfänger mehr.
„Seit Tausenden von Jahren", begann Katja, „sind wir Wölfe und ihr Menschen, ja, sagen wir Feinde, und das nur aus einem einzigen Grund: Die Werwölfe, welche ihr vor langer Zeit ins Reich der Mythen verbannt habt, wohin ihr alles verbannt, was ihr euch nicht erklären könnt. Doch Werwölfe gibt es schon so lange, wie es unsere beiden Rassen gibt. Sie sind widernatürlich, abartig und bösartig und sie nutzen die Feindschaft, die zwischen Menschen und Wölfen besteht und für die sie verantwortlich sind, gnadenlos aus. Ihr leugnet sie – darin wart ihr schon immer sehr gut –, wir bekämpfen sie.
Ihr Dasein dient nur einem einzigen Zweck: zu töten. Aber wenn Vieh gerissen wird, ein Kind verschwindet, dann sagt ihr: ‚Das muss ein Wolf gewesen sein!' und macht jagt auf uns! Auf uns Wölfe! Wenn du wüsstest, wie viele von uns wegen ihnen sterben mussten, von euch niedergemetzelt oder von diesen Monstern zerrissen! Ja, sie töten auch uns und andere Tiere, aus purer Freude am Zerstören. Das tut kein Wolf! In den Werwölfen vereint sich unsere Kraft mit eurem Verstand. Doch ihr habt die Vernunft, um eure Bösartigkeit zu zügeln, die Werwölfe haben sie nicht. Sie haben Spaß am Töten." Sie seufzte. „Und du hast gedacht, ich sei eine von ihnen. Aber ich sehe doch aus wie ein normaler Mensch, nicht? Werwölfe sehen niemals aus wie richtige Menschen, sie wissen sich nur gut zu verstellen, verschlagen wie sie sind. Als Einzelgänger fallen sie euch dann auch selten auf."
Der Hauptkommissar schluckt schwer. „War dieser... Werwolf der einzige?"
Katja schüttelte den Kopf. „Du hast den Kampfplatz vergangenen Morgen gesehen? Wir haben versucht, die Werwölfin zur Strecke zu bringen, waren aber zu wenige. Aber keine Angst, wir erwischten sie schließlich früh in dieser Nacht, sie war sehr geschwächt."

„Es waren also zwei, ein Mann und eine Frau?"
„Ja. Werwölfe können sich zwar auch mit Menschen und Wölfen paaren, aber diese Brut überlebt nie lange, wenn sie überhaupt lebend geboren wird." Ihr Blick war kalt wie Eis. „Nein, sie brauchen dafür schon ihre eigene Art."
Ihre Augen wurden wieder sanft und es sah aus, als lausche sie.
„Es ist so weit. Wir gehen. Schließlich gibt es noch mehr von diesen Monstern auf dieser Welt."
Hauptkommissar Janke war verwirrt wie noch nie zuvor in seinem Leben. Was er gerade erlebt und gehört hatte, hatte seinem Weltbild einen nicht zu reparierenden Riss verpasst.
„Angenommen, ich glaube dir, was ich angesichts der Tatsachen wohl muss, gibt es da immer noch eine Sache, die ich nicht verstehe: Wie kann ein Wolf zum Menschen werden? Ich meine, zu einem richtigen Menschen?"
Katjas Blick war unergründlich. „Vielleicht haben unsere Rassen doch mehr gemeinsam, als ihr Menschen ahnt? Wer weiß..."
Sie schenkte ihm ein letztes Lächeln. „Wenn du dich bitte umdrehen würdest, ich will mich der Kleider entledigen."
Verwundert folgte der Hauptkommissar ihrer Bitte. Es vergingen einige Minuten.
„Katja?"
Als er keine Antwort bekam, drehte er sich um. Die Frau war fort. Nur die Kleider, die sie getragen hatte, lagen auf dem schneebedeckten Boden. Als er sie aufhob, gewahrte er eine Bewegung.
Am Waldrand stand ein Wolf. Der Blick des grauen Tieres suchte seinen. Da wusste er – weshalb konnte er nicht sagen –, dass es Katja war oder wie immer sie wirklich heißen mochte. Einige Augenblicke sahen sie sich an. Dann, mit einem letzten Kopfnicken, jedenfalls kam es dem Hauptkommissar so vor, war sie verschwunden.

Es ist komisch, wie schnell Menschen vergessen können. Nachdem Hauptkommissar Janke am Morgen nach der Nacht, in der sich seine Welt auf so radikale Weise verändert hatte, offiziell zu Protokoll gebracht hatte, dass die beiden Morde auf das Konto eines sehr großen, tollwütigen Hundes gegangen waren, der schließlich von Wölfen gerissen worden war, wuchs schnell Gras über die ganze Sache. Natürlich hatte der Hauptkommissar Ängste ausgestanden, dass ihm seine Geschichte nicht abgenommen werden würde, er

selbst hätte es wohl nicht getan, aber seltsamerweise war dem nicht so. Zum einen konnte außer ein paar Pfotenabdrücken nichts mehr gefunden werden – die Wölfe hatten ganze Arbeit geleistet –, zum anderen war wohl allen Leuten die Sache so unheimlich vorgekommen, dass man nun froh war, eine vernünftige, akzeptable Auflösung des Falles geliefert bekommen zu haben. Der Fall wurde zu den Akten gelegt.
Aufgrund der schnell wieder eingetretenen Normalität in der kleinen Stadt war sich Hauptkommissar Janke schon nach kurzer Zeit nicht mehr sicher, ob seine Erlebnisse nicht einfach eine Ausgeburt seiner Fantasie waren und nicht das Protokoll der Wahrheit entsprach. Als ihm beim Aufräumen durch Zufall die Kleider in die Hände gerieten, die Katja in jener Nacht getragen hatte, fand er mehrere lange, schwarze Haare an ihnen. Schließlich konnte er nicht widerstehen und brachte diese Haare ins Labor.
Sie wurden eindeutig als Wolfshaar identifiziert.

UnTot

1

Man fand den Säugling vor der Tür des Pfarrhauses in einem kleinen Dorf im Norden Amerikas, dort, wo die Wildnis beginnt. Zum Glück für das Kind war es Ende des neunzehnten Jahrhunderts und sogar auf diesem Fleckchen Erde machte sich langsam der Fortschritt breit. Mit dem Fortschritt änderten sich auch die Ansichten und Vorstellungen der Menschen. Fünfzig Jahre früher hätte man den Säugling vermutlich einfach wieder ausgesetzt...
Niemand glaubte, dass das Kind überleben würde. Mehrere Wochen lang hatte es so hoch Fieber und war so schwach, dass die Familie, zu der es der Pfarrer gebracht hatte, das Kind nicht eine Sekunde alleine ließ. Aber das Wunder geschah. Eines Morgens war das Fieber vorüber und das kleine Mädchen ließ zum ersten Mal ein hungriges Quäken hören.
Die Kleine war ein sehr stilles Kind und wenn die anderen Kinder draußen in der Sonne spielten, blieb sie lieber im Haus und beschäftigte sich mit sich selbst. Nur abends ging sie schon früh auf ihren kleinen Beinen im Garten spazieren. Obwohl sie schmaler und zarter war als die anderen Kinder, war sie doch niemals krank. Auch von den kleinen Verletzungen, die sich Kinder oft beim Spielen holen, blieb sie verschont. Ihre Ziehmutter pflegte zu sagen: „Sie hat einfach am Anfang ihres Lebens genug für ein ganzes gelitten."
Auch wenn die Kleine gerne allein war und deswegen oft von ihren Ziehgeschwistern geneckt wurde, so hatten sie sie doch alle gern, denn sie war ein sehr freundliches Kind. Besonders vernarrt in sie aber war der Pfarrer, vor dessen Tür sie gefunden worden war, und er besuchte sie häufig.
Nur manchmal, wenn die Ziehmutter nachts aufwachte und nach ihren Kindern sah, fand sie die Kleine in ihrem Bettchen vor, die großen dunklen Augen auf Dinge in der Dunkelheit gerichtet, die vielleicht nur sie sehen konnte, hellwach und vollkommen ruhig. Dann war sie ihrer Ziehmutter doch manchmal etwas unheimlich, auch wenn es sich die Frau eigentlich nicht eingestehen wollte.
Da der Pfarrer darauf bestand, wurde das Mädchen zur Schule

geschickt, wo es durch schnelle Auffassungsgabe auffiel und schon bald seine Mitschüler überflügelt hatte. Von nun an war es schwierig, den Wissensdurst des Kindes zu stoppen. Es blieb noch öfter allein und las die Bücher, die der Pfarrer ihm brachte. Die Eltern waren stolz auf ihre Ziehtochter und auch einige Leute im Dorf bescheinigten ihr eine große Zukunft, obwohl sie doch ein Mädchen war.

Die Probleme begannen, als sie in das Alter kam, in dem aus Kindern junge Erwachsene werden, das Alter mit den großen Veränderungen. Es fing damit an, dass sie nach Einbruch der Dunkelheit nichts mehr essen wollte. Sie versuchte es mehrere Male, doch es verursachte ihr eine schreckliche Übelkeit und weder gutes Zureden noch harte Worte konnten daran etwas ändern. Doch dies war nicht das einzige. Schlafen konnte das Mädchen nur noch wenig, nächtelang lag es wach. Nur in den Dämmerstunden überkam es eine bleierne Müdigkeit, gegen die es sich nur sehr schwer zu wehren vermochte. Am meisten erschreckten das Kind, inzwischen fast schon eine junge Frau, aber zwei Dinge: Einmal waren da ihre wachsenden Kräfte, die ihr zum Beispiel ermöglichten, den schweren Waschzuber hochzuheben, den sonst nur ihr Ziehvater mit Mühe bewegen konnte, und welche es ihr ermöglichten, beim Rennen und Klettern die anderen Kinder weit hinter sich lassen ließ. Das andere, von dem nie jemand etwas mitbekam, quälte sie noch viel mehr. Es war ein Gefühl, das sie in regelmäßigen Abständen heimsuchte, ein brennendes Nagen in ihrem Inneren, wie Hunger, der sich einfach nicht stillen lassen will und der einen von innen aufzufressen scheint. Nachts war es oft so schlimm, dass sie es nicht mehr im Haus aushielt.

Natürlich blieben diese Veränderungen, vor allem die Schlaflosigkeit, von ihren Zieheltern nicht unbemerkt. Sie liebten das Mädchen zwar, aber ihre Ziehtochter wurde ihnen immer fremder und sie wussten nicht, was sie tun sollten. Man beschloss, sie zu entfernten, durch Handel reich gewordenen Verwandten in die Stadt zu schicken. Das Mädchen willigte ein.

So begann der Dienst als Hausmädchen bei der reichen Kaufmannsfamilie. Die Familie besaß eine große Villa in Waldesnähe mit weitläufigen Gärten. All das Neue gefiel dem Mädchen, doch es war nicht immer leicht für die junge Frau. Auch wenn sie sich so unauffällig wie möglich zu verhalten versuchte, sie konnte nicht

verbergen, dass sie anders war. Natürlich kam es nie zur Sprache, ihr Verhalten an sich war tadellos, aber man ließ es sie spüren.
Nur der halbwüchsige, einzige Sohn der Familie fand gefallen an diesem – wie er fand – so geheimnisvollen Hausmädchen. Je herablassender die Familie sie nun behandelte, desto häufiger waren seine Nachstellungen. In seinen Augen war sie schließlich nur eine Bedienstete und konnte ruhig etwas netter zu ihm sein.
Die junge Frau verwirrte dies alles sehr und sie wurde immer verzweifelter, obwohl ihre – nur noch seltenen – Briefe nach Hause stets fröhlich waren, da sie ihren Zieheltern keinen Kummer bereiten wollte. Zudem wusste sie nicht, wohin sie sonst hätte gehen können.
Die Katastrophe ließ nun nicht mehr lange auf sich warten. Es war nach einem besonders beschwerlichen Tag, als der Sohn des Hauses sich nach Sonnenuntergang im weitläufigen Garten nicht mehr mit höflichen Worten abwehren ließ. Er war zwar um einiges größer und kräftiger gebaut als die junge Frau, aber als er sie auf den Boden drückte und ihre Röcke hochschob, hätte sie ihn ohne Weiteres an den nächsten Baum schleudern können. Doch sie tat es nicht und zu ihrer eigenen Verwunderung erwiderte sie seine brutalen Küsse. Da war es plötzlich wieder, dieses brennende Nagen in ihr, unerwartet und stärker als je zuvor. Und endlich hatte der zerfressende Hunger ein Ziel gefunden. Der Junge merkte zuerst nichts, als sich ihre Eckzähne in seinen Hals senkten, als er es dann merkte, war es zu spät. Sie hielt ihn umklammert, mit aller Kraft, sein Blut warm in ihrem Mund. Erst als er zu wimmern begann, erwachte sie wie aus einem Traum. Mit Entsetzen schleuderte sie ihn von sich und begann zu rennen, Blut an ihren Händen und an ihrem Kleid.
Sie wurde schließlich von einem Bach gestoppt, in den sie sich erbrach. Das blutrote Wasser vermischte sich mit ihren Tränen und der Bach trug alles langsam davon. Lange saß sie einfach da, von Entsetzen über sich selbst wie gelähmt. Doch dann spürte sie mit einem Mal, dass das brennende Nagen aufgehört hatte.
Verwundert rappelte sie sich auf. Im mondhellen Bach sah sie sich wie zum ersten Mal. Sie wischte sich etwas angetrocknetes Blut aus dem Mundwinkel und die Tränen von den Wangen. Auch die blutverschmierte Bluse zog sie aus, dann die restlichen Kleider. Das kalte Wasser des Baches klärte ihren Kopf.
Blut. Nur Gespenster tranken Blut. Untote, fahle Gestalten aus den abendlichen Geschichten am Kaminfeuer, mit denen der Ziehvater

die Kinder zu erschrecken pflegte. Ruhelosen Geister, die zu Staub zerfielen, wenn die Strahlen der Sonne sie trafen. Vampire.
Wie konnte sie selbst denn eines dieser Wesen sein, sie war doch geboren worden und am Leben! Auch Tageslicht tat ihr nichts an! Das war einfach unmöglich. Die junge Frau lachte und berührte kopfschüttelnd ihre Zähne. Das Lachen versiegte aber, als sie sich in den Finger schnitt. Ihre Eckzähne waren messerscharf.
Die Gedanken wirbelten in ihrem Kopf durcheinander. Alles fiel ihr plötzlich ein, ihre große Stärke, obwohl sie doch so zierlich war, dass sie nie krank wurde und Verletzungen über Nacht zu heilen schienen, dass Leute Angst vor ihr hatten...
Sie kehrte in dieser Nacht noch ein letztes Mal zurück in das Haus der Kaufmannsfamilie. Dort waren trotz der späten Stunde alle auf den Beinen, denn man hatte den Sohn gefunden und den Arzt geholt. Die junge Frau konnte die besorgten Stimmen durch die Wände hören. Sie schlich sich in ihre Kammer, um die wenigen Habseligkeiten zu holen, dann machte sie noch einen Abstecher in das Zimmer des Sohnes. Niemand sah sie, niemand hielt sie auf.
In frischen Jungenkleidern, mit etwas Geld und einigen anderen Dingen, die sie im Zimmer des Sohnes noch gefunden hatte, machte sie sich auf den Weg herauszubekommen, wer sie wirklich war. Ihre Reise durch Länder und Jahre hatte begonnen.

2

Seine Beute war kurz davor, sich ein neues Opfer zu holen. Der Vampir lächelte. Verbrecher und Kriminelle waren ihm am liebsten und dieser Kerl war ein wahres Prachtexemplar. Ein notorischer Vergewaltiger, schon lange polizeilich gesucht, der seine Opfer besonders brutal behandelte. Charmant, witzig und zuvorkommend war er – bis er die ahnungslosen Frauen hatte, wo er sie haben wollte. Auch sein neustes Opfer, eine schmale Dunkelhaarige, schien nichts von seinem finsteren Vorhaben zu ahnen.
Die Beute und ihr Opfer scherzten noch, während sie durch den dunklen, menschenleeren Park spazierten. Dann, von einer Sekunde zur anderen, zeigte das Opfer sein wahres Gesicht. So plötzlich, dass die Frau nicht einmal schrie, als er sie auf den Boden warf.

Eigentlich hatte der Vampir es nicht so weit kommen lassen wollen, aber irgendetwas war diesmal anders.
Überrascht bemerkte er es: Das Opfer hatte nicht die geringste Angst, sondern schien es fast zu genießen, dass die Beute sie auf den Boden drückte und an ihren Kleidern riss!
Der Vampir hatte schon sehr viel in den zweihundert Jahren seines untoten Lebens gesehen, aber so etwas hatte er noch nicht erlebt. Fasziniert beobachtete er das Schauspiel, dass sich ihm bot. Es war inzwischen nicht einmal mehr klar, wer von den beiden denn nun das Opfer war. Da war noch eine Merkwürdigkeit: Während die Gedanken der Beute vollkommen klar zu erkennen waren, konnte er die der Frau nicht lesen.
Langsam dämmerte es dem Mann wohl, dass er selbst das Opfer war. Aber es war zu spät, das Schauspiel erreichte seinen Höhepunkt. Mit einer kraftvollen Bewegung, die nicht so recht zu ihr passen wollte, zog die zierliche Frau den Kopf der Beute plötzlich zu sich heran – und schlug ihre Zähne in seinen Hals.
Wäre er kein Vampir gewesen, er wäre vor Schrecken in Ohnmacht gefallen. Eine Vampirin, die er nicht als solche erkennen konnte oder eine Menschenfrau, die wie ein Vampir Blut trank?!
Vampire waren Untote und hatten mit ihrem Leben auch alle menschlichen Bedürfnisse und Regungen hinter sich gelassen, ja, waren gar nicht mehr in der Lage, diesen nachzukommen!
Es war so schnell vorbei, wie es begonnen hatte. Die Frau schob den leblosen Körper von sich herunter. Der Vampir war sich sicher, dass sie ihn nicht sehen konnte, aber sie schien ihm direkt in die Augen zu blicken. Ihre Lippen verzogen sich zu einer Art Lächeln, das die Eckzähne blitzen ließ. Dann packte sie geschwind ihre Kleider zusammen und war verschwunden.

Sie erwachte mir einem Lächeln auf den Lippen. Draußen war der Abend schon der Nacht gewichen. Noch immer schaffte sie es nicht, den Tag durchzuschlafen, auch wenn die Dämmerstunden sie nicht mehr so müde werden ließen wie noch vor kurzem. Doch daran verschwendete sie in dieser Nacht keine Gedanken. Sie hatte ihn gefunden. Oder er sie. Sie wusste nicht, ob es nun Zufall gewesen war, dass sie beide dieselbe Beute verfolgt hatten. Es war immer noch zu unglaublich, nach all dieser Zeit. Nicht, dass er der erste seiner Art gewesen wäre, den sie je getroffen hatte. In den langen

Jahren ihrer Wanderung hatte sie hin und wieder von fern Wesen wie ihn gespürt, doch sie waren alle farblos und schwach gewesen, uninteressant, wie die Menschen, die sie umgaben. Er war anders. Stark, mächtig – und gefährlich. Er bewegte sich in der Welt der Menschen ohne jede Scheu, ein Meister der Maskerade. Wie sie selbst.

Vor freudiger Erregung wohlig erschaudernd warf sie einen Blick in den wuchtigen Kleiderschrank, der neben dem Bett das einzige Möbelstück in dem großen Zimmer mit den zugehängten Fenstern war. Das riesige Haus, das in einem von einer hohen Hecke vor Blicken geschützten Park stand, hatte einer Beute gehört, einem charismatischen Mafiosi. Dessen unverhofftes Verscheiden hatte für viel Verwirrung gesorgt und dazu beigetragen, dass sein gesamter Klan sich in alle Winde zerstreut hatte. Nun wurde zwischen Staat und mehr oder minder trauernden Angehörigen um das angehäufte Vermögen gestritten, was ihr selbst mehr als recht war. Das Haus war ein ideales Versteck. Während sie ein aufregend enges, aber bequemes Kostüm aus dem Schrank zog, fragte sie sich, ob der Vampir wohl ihre Gedanken hatte lesen können. Sie wusste es wirklich nicht, denn obwohl sie inzwischen meisterhaft Emotionen und Intentionen von Mensch und Tier spüren konnte, die Gedanken blieben ihr nach wie vor verschlossen und sie bezweifelte, dass sich das je ändern würde. Was ihr aber eigentlich nichts ausmachte, das, was sie von der dunklen Seite mitbekommen hatte, war auch so immer noch reichlich. Zufrieden betrachtete sie sich in der Spiegeltür des Schranks. Die Nacht versprach aufregend zu werden.

Der Vampir lauschte in das Gedankengewirr, das wie Nebel aus der glitzernden Metropole unter ihm aufstieg. Es war ihm ein Leichtes, eine einzelne Gedankenstimme herauszupicken und die anderen auszublenden. Er erinnerte sich noch an die Zeit, als ihm die Welt wie ein einziges, gewaltiges Orchester vorgekommen war, das ihn fast in den Wahnsinn getrieben hatte. Damals hatte er seinen Schöpfer und all jene, die für sein Schicksal verantwortlich gewesen waren, verflucht. Doch er hatte mit seinen Kräften umzugehen gelernt. Dass die anderen Vampire seiner Generation ihn seither mieden, konnte er schmerzlos verkraften. Sie waren im Grunde nur neidisch auf ihn.

Normalerweise war es ihm ein Leichtes, einzelne Gedankenstimmen

herauszupicken, Menschen wie Vampire, wenn diese sich nicht gerade bewusst abschirmten. Doch diese Frau bereitete ihm Kopfzerbrechen. Sie konnte keine Vampirin sein, nachdem was er sie im Park mit dem Mann hatte tun sehen. Und doch hatte sie ihn danach getötet, sein Blut getrunken und war verschwunden, wie nur Vampire es vermögen. Hören konnte er sie auch nicht. Dann würde er sie eben durch die Augen anderer suchen müssen.
Auch wenn er es nicht zugegeben hätte, sie hatte sein Interesse mehr als geweckt. Auf dem Dach des Bürowolkenkratzers, einem seiner Lieblingsplätze, machte der Vampir sich an die Arbeit.
Er musste nicht lange suchen. Mitten auf der belebtesten Straße des Vergnügungsviertels stand sie, viele sahen sie mit leichter Verwunderung: Eine elegant gekleidete Frau, die einfach mitten im nächtlichen Gewirr stand, ganz so, als wartete sie auf etwas. Sie wollte gefunden werden.

Sie erkannte ihn, noch bevor er vor ihr stand, und sie wusste, dass er es wusste. Sie drehte sich um und er folgte ihr durch das nächtliche Treiben. Sie war sich nicht sicher, ob er ihre Aufregung spürte. Vor ihrem inneren Auge sah sie ihn, wie er ruhig und gelassen hinter ihr herging. Er war hochgewachsen und schlank, auf eine unauffällige Art recht gut aussehend. Doch nicht einmal die langen Haare waren ungewöhnlich, im bunten Gewühl des Vergnügungsviertels gab es viel erschreckendere Erscheinungen. Die allerwenigsten schenkten ihm Beachtung, was er natürlich auch beabsichtigte.
Sie hatte alles sorgfältig durchdacht, der Weg war nicht weit. Ihr Lächeln war verklärt, als sie das Gebäude betraten. Die alte Kirche stand immer offen und war ihr schon so manches Mal Zufluchtsort gewesen. Um diese Zeit war sie leer, nur einige Kerzen brannten. Sie setzte sich auf die Stufen des Altars.

Natürlich war es kein Problem für ihn, die Kirche zu betreten. Diese Geschichten mit Kruzifixen und dergleichen waren reine Ammenmärchen; davon, dass die Vampire schon lange vor dem Christentum existiert hatten, einmal ganz abgesehen. Die Frau saß auf den Stufen des Altars und sah ihn an. Noch immer konnte er ihre Gedanken nicht erfassen, doch der Blick, der sich in seinen grub, sagte unendlich viel. Wenn sie keine Vampirin war, menschlich war sie genau so wenig.

„Schön, dass wir uns gefunden haben."
Ihre Stimme füllte den Raum und sie löste ihren Blick aus seinem. Sie genoss seine Irritation. Er setzte sich seinerseits auf die vorderste Bank. „Du hast mich gesucht. Also?"
Sie lachte: „Und du bist mir gefolgt. Gib's zu, du bist neugierig. Du hast noch niemanden wie mich gesehen, stimmt's?"
Er lehnte sich zurück und beobachtete sie scharf. Sie war ein klein bisschen nervös, aber das musste nichts bedeuten. Sie spielte keine Spielchen, ihr Hiersein hatte einen triftigen Grund.
„Nein, aber es gibt mehr auf unserer Erde als selbst ein Geschöpf der Ewigkeit wie ich je ergründen könnte. Ja, ich bin neugierig. Es gibt nicht viel, was mein Interesse wirklich zu wecken vermag. Ich bin gespannt." Im letzten Satz schwang eine fast unhörbare Drohung mit, die sie aber nicht beachtete. Ein kleines trauriges Lächeln huschte über ihr Gesicht, dann begann sie zu erzählen.

„Als ich die Kaufmannsfamilie verließ, muss ich wohl so um die Zwanzig gewesen sein. Ich wusste nicht im geringsten, was ich war, wer ich war. Nur dass ich anders war, auf eine angstmachende Art anders, das wusste ich. Ziellos ließ ich mich durch die Welt treiben. Auf der Suche, auf der Suche nach jemandem wie mich. Ich durchforstete unzählige Bibliotheken in aller Herren Länder, Mythologien der Menschen, besonders die, in denen bluttrinkende Wesen vorkamen. Doch es gab nichts, rein gar nichts, was mich beschrieben hätte. Auch irgendwelche mythischen Wesen traf ich keine auf meinen Wanderungen durch die Jahre. Das heißt, manchmal spürte ich von fern Dinge, Wesen die keine Menschen sein konnten, aber ich wusste nicht, wie ich zu ihnen hätte Kontakt aufnehmen können.
Irgendwann gab ich auf. Ich konnte nicht mehr, meine Welt war sinnlos und leer, schattenhaft. Das brennende Nagen des Durstes schien niemals aufzuhören, doch ihm nachgeben, einen Menschen auf diese furchtbare Weise zu verletzen, das konnte ich nicht. Einmal versuchte ich es mit Ratten, ein anderes Mal brach ich in ein Schlachthaus ein. Vergebens.
Schließlich entschied ich mich – und sprang eines Morgens von der höchsten Hafenbrücke, die ich finden konnte.
Auch hier versagte ich. Ich erwachte in der darauffolgenden Nacht einige Kilometer weiter auf einem Fischerboot. Dass ich tot gewesen

war, stand außer Frage, denn mein Körper war achtlos in eine Decke gewickelt worden und ich erbrach erstaunlich viel Wasser. Man hatte mich kurz zuvor aus dem Meer gefischt und war dabei, die Behörden zu informieren. Wie man auf das Erwachen einer Toten reagieren würde, wollte ich nicht abwarten und machte mich aus dem Staub.
Eines wusste ich nun: Umzubringen war ich nicht so einfach. Für radikalere Methoden jedoch fehlte mir letztendlich der Mut.
Mein missglückter Selbstmord gab mir zu denken. Vielleicht war ich doch so eine Art Vampir? Wenn dem so war, konnte ich nicht auch ein anderes Wesen wie mich erschaffen? Ich hatte ja viel gelesen und wusste, wie Vampire erschaffen werden. Ich probierte es kurzerhand aus.
Die Suche nach einer geeigneten Person führte mich abermals durch die Welt, doch diesmal nicht für lange. Ich lernte allmählich, mich in der menschlich Gesellschaft zurechtzufinden und nicht mehr wie eine Vagabundin an ihrem Rand umherzuirren. Du weißt, wie einfach es ist, hin und wieder an Geld zu kommen. Mein Opfer war schließlich ein New Yorker Barbesitzer. Zuerst lief alles nach Plan. Natürlich ahnte er nicht, wem er da Herz und Haus geöffnet hatte, er sollte es nie erfahren. Denn er starb in meinen Armen, leergesaugt, mein Blut noch warm in seinem Mund. Du kennst den Anblick, wie sie, ihres eigenen Blutes beraubt, halb betäubt gierig das ihnen dargebotene zu trinken versuchen... Er starb einfach. Mein Blut hat nicht die Macht, Leben zu schenken. Er war ein netter Kerl gewesen, hatte eine Tochter gehabt, die später seine Bar übernehmen sollte..."
Sie musste innehalten, ihre Stimme versagte den Dienst. Der Vampir wusste, was sie in diesem Moment durchlebte, auch ohne ihre Gedanken lesen zu können. Er hatte es am eigenen Leib erfahren. Als er als noch junger Vampir zum ersten Mal jemandem von seinen, wie er damals dachte, Untaten erzählt hatte, hatte er genau so gelitten.
Die Frau fasste sich jedoch schnell wieder und als sie weiter sprach, hatte ihre Stimme einen seltsam hohlen Klang.
„Die Welt war erneut zu meiner ganz privaten Hölle geworden. Ich fiel in ein Loch, verkroch mich, von Schuldgefühlen zerfressen. Irgendwann ging es mir zur eigenen Überraschung wieder besser. In meinem Kopf hatte sich ein Schalter umgelegt. Ich wollte ganz neu anfangen – und was bot sich da mehr an, als an den Ort zurückzukehren, an dem alles begonnen hatte?
Das Dorf, in dem ich aufgewachsen war, gab es noch, nur war es

inzwischen zu einer kleinen Stadt geworden. Ich wusste nicht, wo ich mit der Suche nach meiner Familie beginnen sollte. Fündig wurde ich schließlich, wie so oft, in der öffentlichen Bibliothek. Einwohnerlisten konnte man dort auf Anfrage einsehen. Auch meine Familie fand ich und es war ein Schock für mich. Ich hatte gewusst, dass ich als Säugling gefunden worden war, es war nie ein Geheimnis gewesen. Meinen Namen jedoch nirgends zu finden, traf mich schon. Und mit einem Mal sprang mir das Datum der Liste ins Auge. Natürlich konnte man hier nur ältere Listen einsehen! Es war wie ein Schlag ins Gesicht: Seit meinem Aufbruch damals waren fast vierzig Jahre vergangen! Ich war also um die sechzig – und sah aus wie Mitte zwanzig! Zwei Weltkriege waren an mir vorbeigegangen! Auf meinen einsamen Reisen hatte ich jedes Zeitgefühl verloren, den Veränderungen der Welt um mich herum keinerlei Bedeutung beigemessen oder auch nur Beachtung geschenkt. Meine Geschwister lebten natürlich schon lange woanders, hatten selbst Familien, und meine Eltern...
Am Grab meiner Eltern begann mein Leben als Mensch.
Die folgenden Jahre waren sehr aufregend für mich. Was der technische Fortschritt alles mit sich gebracht hatte, faszinierte mich ungemein. Wie ein kleines Kind begann ich, die Welt um mich herum richtig zu entdecken. Zum ersten Mal hatte ich das Gefühl, dazuzugehören. Ich blieb in der Stadt und fing wie so viele klein an, als Aushilfe in einem Imbiss. Da ich, in zwanzigjähriger Hülle, sechzig Jahre Lebenserfahrung aufweisen konnte, arbeitete ich mich schnell nach oben. Schließlich wurde ich stellvertretende Geschäftsführerin in einem gutgehenden Restaurant. Inzwischen hatte ich einen festen Partner und wir hatten auch schon Hochzeitspläne geschmiedet."
Sie stand auf und näherte sich dem großen Kruzifix über dem Altar, das Gesicht steinern und ausdruckslos.
„Aber der Ruf des Blutes hörte nie auf." Sie sah den Vampir an. „Nein, was nach außen so perfekt aussah, war hart erkämpft, im Kampf gegen meinen schlimmsten Feind – mich selbst.
Ich hatte mir dieses normale Leben ausgesucht und war eigentlich ganz zufrieden, aber der Preis war hoch. Meine nichtmenschlichen Kräfte halfen mir, mich anzupassen, anderen jemanden vorzuspielen, der ich nicht war. Aber da war zum einen diese bleierne Müdigkeit zur Dämmerstunde und – natürlich – der Durst. Es war nie vorher-

sehbar, wann er über mich kam, aber es war gefährlich für meinen Partner, du hast mich im Park gesehen. So ist es nun mal bei mir des Nachts, wenn der Durst ruft. In den furchtbarsten Stunden schaffte ich es meist, nicht daheim zu sein, oft biss ich mich selbst. Was aber nur spärlich half. Ich führte ein Doppelleben, unbemerkt von den meisten, ein Leben, das mich einerseits zwar ausfüllte, mich aber andererseits innerlich zerfraß. In meiner Beziehung begann es zu kriseln, irgendwann. Er begann von Familie zu sprechen, doch wie sollte das gehen, wo mein Körper doch jede Nacht starb?

Einen Ausweg verdankte ich einem Kerl wie dem im Park. Es war während des Durstes, als mich einer von dieser Sorte zu seinem Opfer erkor. Unbewusst hatte ich auf meinen quälenden nächtlichen Wanderungen eben jene Viertel aufgesucht, die jeder unbescholtene Bürger meiden sollte, insbesondere des Nachts. Es kam, wie es kommen musste: Der Triebtäter war mausetot, leergesaugt. Ich hatte es genossen, ihn getötet – und verspürte nicht die geringste Reue, im Gegenteil. Der Durst, der mich so lange gefoltert hatte, war verschwunden, einfach nicht mehr da.

Nach diesem Ereignis ging alles sehr schnell. Ich trennte mich von meinem Partner, was nicht leicht war, schließlich hatten wir einige Jahre zusammen verbracht, kündigte mein Arbeit und verschwand von der Bildfläche. Meine Konten führte ich unter falschem Namen natürlich weiter, ganz wollte ich die Bequemlichkeit der Menschenwelt nicht mehr missen. Geld vereinfacht vieles."

Ihr Gesicht hatte einen eigentümlich verzückten Ausdruck angenommen.

„Den Geschmack an Verbrechern jeder Art habe ich nach wie vor... Es ist so leicht, ab einer gewissen gesellschaftlichen Höhe wimmelt es gerade so von ihnen. Meist Männer, ab und zu eine Frau... Die Jagd ist ein Spiel, in dem die Spieler nicht bemerken, dass in Wahrheit mit ihnen gespielt wird."

Ihre Augen leuchteten, als sich ihr Blick an der Gestalt des Vampirs festsog. Er wusste nicht, was er denken sollte. Außergewöhnlich, faszinierend, anziehend, die so lange gesuchte Gefährtin? Keine von ihm erschaffene Kreatur, die ihn irgendwann hassen musste, nein, sondern ein überirdisches Wesen, untot im wahrsten Sinne des Wortes, ein unsterblicher Mensch?

Er wollte sie. Ein siegessicheres Lächeln huschte über ihr Gesicht während sie auf ihn zu trat und seine kühle Wange berührte und den

Bann brach, der sie beide an ihrem Platz gehalten hatte.
„Nimm mich mit", flüsterte sie und er zog sie ihn seine tödliche Umarmung, die jedes Menschen Verdammnis war.
Seine Fänge in ihrem Hals nahm er sie mit sich.

3

Aus Tagen wurden Wochen und aus Wochen Monate. Ab und zu regte sich noch der Mensch in ihr, dann stand sie tagsüber kurz auf, kam ihren menschlichen Bedürfnissen nach und ging zurück in die Arme des Vampirs. In seinen Verstecken in zahlreichen Städten war immer für alles gesorgt, unter mehreren falschen Namen spielte er den reichen, vielbeschäftigten Geschäftsmann, der gut für seine Angestellten sorgte, die die vielen Wohnungen und Häuser in Stand hielten.
Da sie beide wenig Blut brauchten, sie durch das, was sie war, er durch sein Alter, zogen sich ihre Jagden oft nächtelang hin, stets auf der Suche nach einer besonders gerissenen und bösartigen Beute. Wenig Leute kümmerte es, wenn hin und wieder ein Verbrecher auf ungeklärte Weise verschwand, im Gegenteil. Niemand hätte je das nette Paar in Verdacht gezogen, das gemeinsam die Nächte durchstreifte.
Ihre Jagdmethoden waren vielseitig, oft lief es aber einfach darauf hinaus, dass die Frau die Beute letztendlich verführte oder sich von der Beute verführen ließ, während der Vampir meist im Verborgenen dem Schauspiel beiwohnte. Anfangs tranken beide, doch nach und nach ging der Vampir dazu über, die Beute der Frau zu überlassen und an ihr seinen Durst zu stillen.
Ach, ihr süßes Blut! Das Blut dieser Frau, die so meisterhaft die Wonnen des Lebens mit denen des Todes zu verbinden wusste, ihr Blut war einzigartig. Weder das schwere, schläfrig machende Aroma der Sterblichen, noch die brennende Schärfe der Unsterblichen, nichts kam ihm gleich. Belebend frisch und kühl war es, anregend wie ein Bad in klarem Quellwasser. Es war so schwer, davon zu lassen. Vor allem, wenn sie noch atemlos und mit vom Blutmahl geröteten Wangen über der Beute kniete, einige zarte rote Tropfen auf der weichen Haut, wenn er dann zu ihr kam, sie ihn aus großen

Augen ansah, er sich zu ihr hinunterbeugte, sie in seine Arme zog und seine Zähne ihren Hals fanden...

Die Baracken waren erbärmlich, das schmutzige Rinnsal, welches sich dazwischen durchschlängelte, stank zum Himmel. Fast unvorstellbar, dass sich kaum einige hundert Meter weiter die glänzenden Hochhäuser der Kalkutter Finanzwelt in den Himmel streckten. Das europäisch aussehende Paar, das sich trotz des nieselnden Regens lautlos zwischen den Verschlägen aus Schrott und Abfall bewegte, passte nicht so recht hierher. Doch nur wenige hätten die beiden überhaupt bemerkt, sie schienen mit den düsteren Schatten in der wolkenverhangenen Nacht zu verschmelzen. Auch wenn der Vampir und seine Gefährtin ihre heimatlichen Gefilde bevorzugten, manchmal zog es sie auf ihrer Jagd nach dem moralischen Abschaum der Gesellschaft in die Ferne. So waren sie auf der Fährte einer Beute nach Kalkutta gekommen, diesem Schmelztiegel, in der man der ganzen Welt im kleinen begegnen konnte. Die Jagd war anstrengender geworden als gedacht, sie hatten es vorgezogen, ihre Beute kurz zu verlassen, um einen „Im-Biss" zu sich zu nehmen, wie der Vampir es bezeichnete, irgendeinen Kleinkriminellen oder was sich sonst noch so bot. Etwas fand man immer. Ihr „Im-Biss" hatte sich, nachdem sie ihn aufgestöbert hatten, in dieses Viertel verdrückt, in das sich nicht einmal mehr die Ratten wagten, wie es schien. Der Vampir gab ihr mit einem Kopfnicken zu verstehen, dass sie sich trennen sollten, um dem Mann den Weg abzuschneiden. Natürlich hätten sie es viel einfacher haben können. Der Vampir hatte die Macht, einen Menschen zu einem willenlosen Werkzeug zu machen, aber das wurde mit der Zeit langweilig.
Die Frau machte einen Satz über eine sehr große Pfütze und konzentrierte sich. Sie konnte die Menschen, die in den Baracken zusammengekauert in der Nässe zu schlafen versuchten, ebenso deutlich wahrnehmen wie den Vampir, der ihren „Im-Biss" zu fassen bekommen hatte und nun seinen Durst stillte. Sie würde später von seinem weißen Hals trinken, so wie er von ihrem trank, wenn sie die Beute geschlagen hatte. Der Gedanke daran jagte ihr einen wohligen Schauer den Rücken hinunter. Dann erstarrte sie. Blicke bohrten sich in ihren Rücken, wissende Blicke. Augen, die sie eigentlich nicht sehen durften, starrten ihr aus einer der Hütten entgegen. Die Frau wusste, nicht, wie sie sich verhalten sollte und blieb einfach stehen,

die Blicke erwidernd. Es war ein alter Mann, der ihr mit einem Handzeichen näherzukommen gebot. Es war dieses Wissen in seinen dunklen, von unendlich vielen Fältchen umgebenen Augen, das sie gehorchen ließ. Eine verkrüppelte Hand legte sich sanft auf ihren nassen Arm. „Kind", sagte der Alte auf Englisch, „warum in der Dunkelheit leben, wenn man zugleich das Licht haben kann?" Ihr Mund war trocken und ihr Herz raste. Der Alte wartete keine Antwort ab, sondern schenkte ihr ein warmes Lächeln und zog sich in die vollkommene Dunkelheit der Hütte zurück.

„Alles in Ordnung?", hörte die Frau die Stimme des Vampirs in ihrem Kopf. Seit sie voneinander getrunken hatten, konnten sie auch auf diese Weise kommunizieren. Sie nickte und wurde sich im gleichen Augenblick bewusst, dass er sie ja gar nicht sehen konnte. Doch da war er schon bei ihr und zog sie in seine Arme. „Du bist blass", sagte er leise und küsste sie, „du solltest etwas trinken." Langsam beruhigte sich ihr Herzklopfen und sie lächelte den Vampir an. „Aber nicht hier. Komm, dieser Ort deprimiert mich."

Arm in Arm verließen sie die Baracken, die der beständige Regen noch mehr auflöste, ein durchnässtes, europäisch aussehendes Paar, das nur wenige überhaupt bemerkt hätten, wenn sie ihm in dieser Nacht in den Slums von Kalkutta begegnet wären.

Als die Frau erwachte, war es helllichter Tag. Leise verließ sie das Schlafzimmer des Penthouses eines der teuersten Hotels von Kalkutta, in dem der Vampir auf dem großen Bett seinen totenähnlichen Schlaf schlief, geschützt durch die schweren Dammastvorhänge, die keinen Sonnenstrahl durch die großen Fenster ließen. Normalerweise hätte sie nun das Bad aufgesucht oder sich etwas aus dem Kühlschrank geholt, doch statt dessen ließ sie sich in einen der Sessel fallen und starrte durch die Glasfront des Penthouses auf das Gedränge in den Straßen Kalkuttas unter ihr. Sie musste nachdenken. Seit der seltsamen Begegnung im Slum hatte sie keinen einzigen Tag mehr durchgeschlafen. Natürlich hatten sie und der Vampir ihre Beute letztendlich wie immer erwischt, doch zum ersten Mal hatte es ihr nicht die gewohnte Befriedigung verschafft. Die Worte des Alten wollten einfach nicht aus ihrem Kopf. Hatte er entgegen aller Wahrscheinlichkeit vielleicht doch gewusst, was sie war? Und wenn – was wirklich sehr unwahrscheinlich war –, was hatte er ihr sagen wollen?

Ruckartig stand sie auf. Es gab nur einen Weg, das herauszufinden. Seltsamerweise machte ihr die Vorstellung, bei Tag auf die Straße zu gehen, etwas Angst. Es war lange her, dass sie allein unterwegs gewesen war. Die Nächte hatte sie stets mit dem Vampir geteilt, die Tage schlafend in seinen Armen verbracht. Sie schalt sich innerlich eine Närrin, schließlich war sie jahrelang allein zurechtgekommen. Wenn sie nichts unternahm, würde der Vampir früher oder später ihre Aufgewühltheit bemerken und sie wusste einfach, dass dies die Sache noch verschlimmern würde. Nicht, dass sie Angst vor ihm gehabt oder ihm nicht vertraut hätte, er hätte es nur einfach nicht verstanden. Es war ganz allein ihr Problem.

Zuerst beschloss sie, passendere Kleidung für einen feucht-warmen Tag in einer indischen Großstadt zu besorgen, Geld hatte sie immer dabei. Es dauerte nicht lange, ihr Kostüm gegen einen einfachen, aber schön gearbeiteten Sari zu tauschen. So gekleidet fühlte sie sich richtig beschwingt, das Lächeln einiger Leute, die sich freuten, eine Weiße in traditionellen Kleidern zu sehen, gaben ihr das Gefühl, irgendwie dazuzugehören.

Der Weg zu den Slums war länger als gedacht – und sie genoss jeden einzelnen Meter. Wie hatte sie nur vergessen können, wie wunderbar die Sonne auf der Haut war, wie schön der Anblick spielender Kinder, wie unvergleichlich der Geschmack frischer Früchte, im Vorbeigehen gekauft?

Ihr Herz schlug wie ein aufgeregter, kleiner Vogel. Die Frau fühlte sich so lebendig, wie schon lange nicht mehr, im wahrsten Sinne des Wortes, wie sie lachend feststellte. Dann kam sie zu den Slums und ihr Lachen verstummte. Die heruntergekommenen Baracken sahen bei Tag noch viel widerlicher aus als bei Nacht. Sie schluckte schwer. Ausgemergelte Gestalten gingen ihrem Tagewerk nach, einige zerlumpte Kinder hefteten sich sofort an ihre Fersen, doch ein Blick der Frau ließ sie verängstigt auseinander stieben. Ja, daran erinnerte sie sich ebenso wieder, Menschen hatten auch Angst vor ihr.

Sie fand den alten Mann bald. Er saß vor seiner Hütte, eine kleine gekrümmte Gestalt, der niemand Beachtung schenkte. Sie wusste nicht, ob er sie erkannte, er schenkte ihr einfach ein zahnloses Lächeln, bevor sein Blick wieder in die Ferne glitt. Vorsichtig nahm sie seine verkrüppelte Hand in die ihre. Lang war es her, dass sie so einen Menschen berührt hatte, ohne ihm kurz darauf das Leben zu nehmen. Sie wusste nicht, was sie tun sollte, so sagte sie einfach:

„Hallo, ich bin Maria." Der Alte sah sie nur aus großen, freundlichen Augen an, er schien sie nicht zu verstehen. Aber er drückte sacht ihre Hand.
Da kamen die Tränen, Tränen, die Maria nicht mehr geweint hatte, seit sie damals im Haus der Kaufmannsfamilie entdeckt hatte, was sie war.
Als Maria wenige Stunden später mit einer großen Portion Brot und Bohnenbrei zurückkam, weinte sie noch immer, ohne dass es ihr bewusst war.
Sie hatte endlich begriffen.

Noch bevor sein Geist sich vollständig aus der traumlosen Umarmung des totenähnlichen Schlafs der Vampire befreit hatte, wusste er, dass etwas nicht so war, wie es sein sollte. Seine Arme waren leer. Der Vampir hatte den Großteil seines Lebens in Dunkelheit allein in seinen zahlreichen Verstecken verbracht, doch diesmal erschreckte es ihn. Er wunderte sich über sich selbst. Maria hatte ihm ja erzählt, dass sie hin und wieder am Tag erwachte, es gab also keinen Grund zur Beunruhigung. Sie konnte nicht weit sein.
Er warf einen kurzen Blick in den Spiegel, der über dem kleinen Tisch neben dem Bett hing. Maria hatte sich diese Absteige irgendwo im tiefsten Osten Europas ausgesucht, als Kontrastprogramm zu den Wochen im Nobelviertel von Kalkutta, wie sie es ausgedrückt hatte. Darüber hatte er nur den Kopf schütteln können, ein Grab wäre bequemer gewesen als dieses wacklige Bett. Mit einer fahrigen Bewegung fuhr er sich durch das Haar. Blass sah er aus, fand der Vampir, er brauchte etwas trinken. Sie hatten noch keine neue Beute auserkoren, aber das sollte auch hier eigentlich nicht allzu schwierig werden. Er würde sich für diese Nacht wieder mit einem Kleinkriminellen begnügen müssen.
Plötzlich traf ihn die Erkenntnis wie ein Schlag: Er konnte Maria nicht mehr spüren und die Angst verkrampfte sein Herz.

Sie stand nicht im Gewühl eines Vergnügungsviertels. Doch auch wie damals hatte Maria sich den Ort sehr genau ausgesucht. Sie hatte den Vampir mehrere Nächte nach ihr suchen lassen, hart und ungerecht, das war ihr bewusste gewesen, aber sie hatte die Zeit gebraucht. Zeit, um der Verwirrung in ihrem Kopf und in ihrem Herzen Herr zu werden. Die alte Kirche war sehr passend gewesen.

Nun war er hier. In der tiefen Dunkelheit, die der Morgendämmerung vorangeht, hatte er sie gefunden. Wie auch schon damals durch die Augen dritter, zweier Liebenden, die sich diesen düster-romantischen Ort als kleine Zuflucht auserkoren hatten und dann schnell wieder geflohen waren, als sie die seltsamen Frau bemerkt hatten.

Maria löste sich aus dem Schatten des verfallenen Altars, von dem niemand mehr wusste, welche sterblichen Überreste sich unter seinem Boden befanden. Lange sahen sie sich an und weder Maria noch der Vampir wussten, was sie sagen sollten. Schließlich brach er das Schweigen: „Du wirst mich verlassen, habe ich Recht?"

Ihr Nicken war zögerlich, doch ihre Stimme fest: „Ja."

In seinem Blick konnte sie nur Unglauben und Verständnislosigkeit lesen. Er tat ihr Leid, wie er dort stand ohne zu begreifen. Seine Hände öffneten und schlossen sich und ihre zitterten. Draußen schickte die Sonne ihre ersten Strahlen über den Himmel.

„Mein ganzes Leben habe ich versucht, etwas zu sein, das ich nicht bin", fuhr sie leise fort. „Ich weiß nicht, wer oder was ich bin, aber... was ich nicht bin. Ich bin kein Vampir."

„Du wirst sehr einsam sein ohne mich."

„Dann werde ich einsam sein. Ich erinnere mich, dass mein Wissensdurst einmal unersättlich war. Wer weiß, was ich damit noch alles bewirken kann." Es war, als flüsterte eine warme Stimme die Worte in ihren Gedanken: „Warum in der Dunkelheit leben, wenn man zugleich das Licht haben kann?"

Der Vampir wusste, dass die Sonne den Himmel betreten hatte, es war an der Zeit, sich einen Unterschlupf zu suchen. Die alte Grabplatte vor dem Altar verhieß kühle Dunkelheit und Vergessen. Ein trauriges Lächeln huschte über sein bleiches Gesicht. „Dann soll es wohl so sein."

Maria verlangte es danach, seine Lippen ein letztes Mal zu berühren, doch sie tat es nicht.

„Lebewohl", sagte sie nur und verschwand durch die Tür in einen strahlenden Morgen.

Die Eiche

Dort, wo die Bäume besonders dicht und hoch stehen, schmiegt sich die Hütte an eine knorrige Eiche. Die alte Frau wirft ein paar Scheite ins Feuer und die Flammen knistern fröhlich. Die beiden Kinder kuscheln sich zusammen in den abgeschabten großen Sessel, der am Feuer steht.
„So", meint die alte Frau, „jetzt wird euch gleich wärmer." Sie nimmt noch eine Wolldecke aus der großen Truhe und deckt die beiden damit zu. „Wenn der Regen aufhört, zeige ich euch den Weg zurück zum Dorf." Sie hängt noch einen kleinen Kessel mit Wasser über die Flammen und wirft einige Kräuter hinein.
„Lebst du ganz alleine hier?", fragt der Junge.
Die Frau seufzt. „Ja, mein Kind, und das schon sehr, sehr lange."
„Gehst du gar nicht ins Dorf?" Das Mädchen späht neugierig unter der Decke hervor.
„Selten. Wenn ich was benötige, das ich nicht selbst anfertigen kann."
„Wir wussten gar nicht, dass du hier wohnst."
Der Junge nickt zustimmend. „Es ist nicht gut, lange im Wald zu sein, sagen unsere Eltern. Wenn es nicht so schlimm geregnet hätte, wären wir auch nicht vom Weg abgekommen."
Die alte Frau lächelt traurig. Sie steht auf und holt sich und den Kindern einen Tonbecher. „Hier, das wird euch wärmen." Heiß dampft der Tee, den sie aus dem Kessel schöpft. Sie zieht sich einen Schemel heran. Dann beginnt sie zu erzählen und die Kinder lauschen mit großen Augen.

Vor vielen Jahren, als die Menschen den Wald noch nicht so fürchteten wie heute, lebte ein junges Mädchen in einem kleinen Dorf am Waldrand. Die Menschen damals lebten eigentlich genauso wie wir. Sie bauten Getreide an, hatten Vieh, beteten zum Gott im Himmel und gingen in den Wald, um Holz für ihre Häuser und das Feuer zu holen. Anders als heute gingen sie aber ohne Angst in den Wald. Sie wussten, dass der Wald ihnen alles schenkte, was sie brauchten und wenn sie einen Baum schlugen, pflanzten sie an der Stelle einen neuen. Doch obwohl sie keine Furcht hatten, wussten sie, dass der Wald bei Regen und Sturm ebenso gefährlich sein konnte und sie betraten ihn mit Respekt. Doch auch damals war es schon seit langem nicht mehr so wie in den alten Zeiten, in denen der Wald heilig gewesen war. Die Menschen schritten schon auf dem Weg ins Heute. Der Wald machte noch keine Angst, aber die alten Geschichten über den heiligen Wald und die Wesen, die ihn einst bewohnten, erzählte man sich nur noch abends am Feuer mit wohligem Schaudern. Das junge Mädchen, von dem ich erzählen möchte, liebte die alten Geschichten und es sehnte sich oft nach dieser Zeit. Wann immer sie konnte, verbrachte sie ihre Zeit unter den großen Bäumen. Ganz besonders im Sommer, wenn die Tage lang sind, hätte sie am liebsten dort geschlafen. Doch das erlaubten die Eltern ihrer Tochter nun nicht.

Mittsommer! Die Nacht des Tanzes und der Liebe! Alle im Dorf waren auf den Beinen und die abendliche Sommerluft war erfüllt von Musik und Gelächter. Die jungen Leute saßen um eines der Feuer herum und scherzten und alberten. Etwas abseits, ungestört von den Erwachsenen. Diese wiederum wussten natürlich Bescheid – sie waren ja selbst einmal jung gewesen – und ließen ihre Sprösslinge wohlwollend gewähren. Bei dem Mädchen wollte sich keine so rechte Stimmung einstellen. Es hätte gerne neben Thore gesessen und mit ihm gescherzt, dessen Blicke hingen aber an der drallen Line. Dumme Gans, dachte das Mädchen, wenn sie ihr Mieder noch weiter aufknöpft, dann erschlägt sie ihn noch mit ihrer Fülle. Grinsend stellte sie sich vor, wie Line eines morgens aufwachte und ihre Brüste so groß geworden waren, dass sie nicht mehr gehen und nur noch auf allen Vieren kriechen konnte... Etwas lenkte ihre Aufmerksamkeit von diesem erbaulichen Bild ab. Auf der anderen Seite des Feuers stand ein Junge – eigentlich eher ein junger Mann – und winkte ihr zu. Sie hatte ihn noch nie gesehen und sah sich irritiert um, ob er auch wirklich sie meinte. Er lächelte und machte ein erneutes Zeichen. Sie zuckte kurz mit den Schultern – sollte Thore doch mit der dummen Gans glücklich werden – und ging zu dem Fremden. Er lächelte weiter und nahm das Mädchen bei der Hand. Er war schlank und hochgewachsen und seine Locken zierte ein Kranz aus grünen Zweigen. Wortlos lächelnd zog er sie unter die Zweige in den geliebten Wald. Seine Augen waren von einem hellen Braun, fast golden, und er roch nach Erde und Moos. Dann werde ich heute vielleicht doch eine Mittsommerbraut, dachte das Mädchen kichernd.

Ein Sonnenstrahl kitzelte ihre Nase. Sie lag auf weichem Moos und über ihr wiegten sich die Blätter der alten Eiche im sachten Wind. Sie setzte sich auf. Einen Augenblick wusste sie nicht, wo sie war. Dann fiel es ihr wieder ein und sie musste lächeln beim Gedanken an die vergangene Nacht. Der fremde junge Mann mit den goldbraunen Augen und sie hatte sich hier auf dem Waldboden geliebt, nur mit einem schmalen Mond als Zeuge. Sie konnte noch immer seinen warmen Körper auf ihrem spüren. Sie sah sich um. Von dem jungen Mann fehlte jede Spur. Sie waren irgendwann erschöpft Arm in Arm eingeschlafen. Nun war es bestimmt fast Mittag. Warum hatte sie ihn nicht gehen gehört? Nichts ließ darauf schließen, dass er jemals mit ihr hier gelegen hatte. Das Mädchen wickelte sich aus seinen Röcken und zog sie an. Dann machte sie sich, rechts und links suchend in die Büsche spähend, auf den Weg zurück ins Dorf.

Aus dem Sommer wurde Herbst und mit dem reifenden Korn wurde das Mädchen draller. Nicht schnell, aber die bewundernden Blicke Thores trafen sie nun öfters. Doch sie hatte keinerlei Interesse mehr an ihm, sie hatte Besseres gekostet als dieser Dorfjunge je zu geben im Stande war. Sie verrichtete ihre Arbeit zwar nach wie vor, verbrachte aber noch mehr Zeit als früher im Wald, immer in der Hoffnung, ihrem heimlichen Geliebten zu begegnen. Doch sie sah ihn nicht wieder. Als das Mädchen sich um Mabon, dem Herbstanfang, eines Morgens in die Spüle erbrach, konnte sie das Kind in ihrem Bauch nicht mehr verleugnen. Der Familienrat wurde einberufen und verlangte, den Namen des Kindesvaters zu erfahren. Dass junge Leute an Mittsommer den fleischlichen Bund vollzogen, war allgemein geachtet, jedoch sollte danach spätesten zu Lammas, der ersten Ernte, der ehelich Bund erfolgen. Doch das Mädchen konnte keinen Namen nennen, verschämt schilderte sie, was in jener Nacht geschah. Ratlosigkeit machte sich in der Familie breit. Da sagte der Großvater: „Was seid Ihr so ratlos? Seht ihr es nicht? Eure Tochter wurde zu einer echten Mittsommerbraut! Diese Ehre hatte schon so lange kein Mädchen mehr!" Voller Zorn sprang der Vater auf. „Alter Narr! Verwirre die Kinder nicht mit diesen dummen Märchen! Das ist nichts als närrisches Geschwätz!" Wutschnaubend verließ er das Haus und seine Frau eilte ihm nach. Im Magen des Mädchens machte sich ein komisches Gefühl breit. Natürlich kannte sie die Geschichten vom König des Waldes, dem Herren der Tiere und der Ernte, der sich zur Mittsommernacht seine sterbliche Braut holt. Es waren schöne Geschichten, die der Großvater so wunderbar zu erzählen wusste und die dem Mädchen immer ein wohliges Kribbeln verschafften, wenn es durch den Wald ging. Sie hatte innerlich lächelnd auch schon daran gedacht, aber der junge Mann war kein göttliches Wesen gewesen, sondern warm und weich und ganz wunderbar echt und lebendig. Der Vater kam zurück. Er war noch immer wütend, seine Lippen ein blutleerer Strich, aber er sprach ganz ruhig. „Ich werde dafür sorgen, dass der Halunke, der sich aus seiner Verantwortung gestohlen hat, seine Strafe bekommt. Und du" – flammender Blick auf seine Tochter – „solltest dich in Grund und Boden schämen, mit einem Fremden mitgegangen zu sein! Es gibt so viele gute junge Männern im Dorf und du lässt dich mit einem Unbekannten ein! So ehrlos wirst du keinen Mann mehr finden! Arbeite ja hart, damit du überhaupt zu etwas gut bist!" Das Mädchen senkte den Kopf, Tränen in den Augen, die keiner sehen sollte. Auf seiner Ofenbank zuckte der Großvater mit einem Seufzen die Schulter.

Der Herbst zog ins Land und der Bauch des Mädchens wurde dicker. Sie wurde mit Arbeit überhäuft, damit sie ja nicht auf dumme Gedanken kam. In den Wald durfte sie auch nicht mehr, was sie schmerzhaft vermisste. Manchmal, wenn sie aus dem Fenster sah, meinte sie, eine Gestalt am Waldrand zu sehen, aber immer, wenn sie genauer hinblickte, waren es nur Schatten oder Zweige im Wind. Der Vater ging nun öfter in den Wald, um, wie er sagte, nach Vagabunden Ausschau zu halten. Dabei hatte er aber so einen Blick, dass sich alle insgeheim Sorgen um ihn machten. Wenn er zurückkam, hörte das Mädchen oft den Großvater vor sich hin murmeln. „Dabei sagt er doch, das sind nur Geschichten." Wenn sie ihn dann fragte, was er damit meine, schüttelte er immer nur den Kopf und sah sie traurig an.

Eines Morgens, der Raureif bedeckte schon das Land, kam einer der Jäger, mit denen der Vater immer auszog, vollkommen aufgelöst ins Dorf. „Hilfe, so helft uns doch!" Die Leuten kamen, teils noch etwas verschlafen, aus ihren Häusern, denn es war noch fast dunkel. Die Mutter rüttelte das Mädchen wach. „So komm doch, ich glaube, Vater ist etwas zugestoßen!" Sie rannten hinaus und hörten den Jäger atemlos berichten. „Es war nicht unsere Schuld, wir haben einen Hirschen gesehen, ein wahres Prachtexemplar, doch als er uns witterte, rannte er plötzlich auf uns zu und da hat Einar geschossen, doch als der Hirsch zusammenbrach, hinter einem großen Gebüsch bei der alten Eiche, da...da...da war es kein Hirsch mehr! Wir schießen doch nicht auf Menschen, es war wirklich ein Hirsch"! Eine große Faust aus bitterkalten Eis schloss sich um das Herz des Mädchens. „Nein, nein", stammelte sie und rannte los. „So warte doch!", riefen sie ihr nach. Die Stelle war nicht schwer zu finden, die Fußstapfen der Jägers waren noch im Schnee zu sehen und langsam wurde es heller. Außerdem kannte sie den Platz bei der alten Eiche in- und auswendig: An dieser Stelle hatten sie sich die ganze Mittsommernacht lang geliebt. Er lag auf dem nun gefrorenen Moos, wie sie ihn in Erinnerung hatte, sogar den Kranz trug er, auch wenn dieser keine mehr Blätter trug. Seine Augen waren geschlossen und mehrere kleine rote Kreise zierten seine Haut, die Kälte hatte die blutigen Rinnsale schon gestoppt. Das Mädchen sank vor ihm nieder. Der Vater näherte sich, schmal und eingefallen die Wangen. „Es tut mir so Leid, es war ein Hirsch, auf den ich zielte." Der Blick aus den Augen des Mädchens traf ihn wie eine Ohrfeige. „Geht! Alle!" Die Jäger wussten nicht, was sie hätten tun sollen und so ließen sie sie alleine. Stunden später kehrte das Mädchen heim, blaugefroren und zitternd. Sie ging wortlos in ihre Kammer und ließ die nächsten Tage nur den Großvater zu sich kommen, der ihr Essen brachte und ihr den Kopf streichelte. Mit dem Vater wechselte sie von da an nie mehr ein Wort.

Das Kind wurde geboren, als der Frühling seine ersten Boten ins Land schickte. Der kleine Junge brachte seine Mutter endlich wieder zum Lachen, welche man seit dem Wintermorgen bei der alten Eiche kaum hatte lächeln sehen. Sie wohnten im Haus der Eltern, in einem kleinen Anbau, den der Vater ihnen baute. Das Mädchen verrichtete seine Arbeit mit leichter Hand, war fröhlich wie zuvor, das Kind immer dabei. Nur den Wald mied sie und in der Mittsommernacht sperrte sie sich in ihrem Zimmer ein.

Im zehnten Jahr des Jungen, als der Frühling schon vorangeschritten war, stand das Kind eines frühen Morgens vor dem Bett seiner Mutter und schaute sie aus ernsten Augen an. Sie erwachte von diesem Blick. „Es ist soweit, nicht?" Ihre Stimme war ein heiseres Flüstern und sie musste die Tränen herunterschlucken. Er nickte stumm und umarmte sie. Hand in Hand gingen sie zur alten Eiche. Dort verließ sie der Sohn, ohne sich ein einziges Mal umzudrehen verschwand er im Wald und wurde nie wieder gesehen.

Die Worte der Alten verstummen und sie blickt ins Feuer. „Und was ist mit dem Mädchen geschehen?" fragt der Junge und hängt wie gebannt an den Lippen der alten Frau.
Sie sieht die Kinder an und fährt fort. „Das Mädchen folgte ihrem Sohn. Sie baute sich eine Hütte an der alten Eiche, unter der sie sich geliebt, an der ihr Geliebter gestorben und an der ihr Sohn sie verließ. Mitten im Wald, wo sie ihrem Geliebten und ihrem Sohn am nächsten sein konnte." Das Mädchen richtet sich auf. Ihre Stimme ist zaghaft und sie stockt, als sei sie nicht sicher, ob es sich ziemt, zu sprechen: „Das Mädchen warst du, nicht?"
Jetzt seufzt die alte Frau und lächelt die Kinder dankbar an: „Ja, das Mädchen war ich." Lange Zeit ist es still in der Hütte.
„Wisst ihr", die Alte spricht jetzt leise und eindringlich, „mir wurde beigebracht, dass der Wald respektvoll behandelt werden muss und ihn der Gott, der im Himmel wohnt, uns als Lebensspender geschenkt hat. Heute sagt man den Kindern nur, dass Gott im Himmel wohnt. Der Wald wird gefürchtet und ist den Menschen zugleich egal geworden. Auch ich habe zum Gott im Himmel gebetet, doch als mein Sohn fortging, wusste ich, dass mein Gott im Wald wohnt, dass der Wald mein Gott ist. Manchmal spüre ich, dass er da ist und aus dem Augenwinkel sehe ich dann meinen Sohn. Er sieht aus wie sein Vater." In ihren Augen glitzern Tränen. „Ich will nicht sagen, dass der Himmelsgott falsch ist, nur die, die den Menschen seinen Willen verkünden sollen, sind es oft. Seid auf der Hut und vertraut eurem Herzen! Und nun ist Schlafenszeit!" Sie lächelt wieder und drückt die Kinder an sich. Die beiden kuscheln sich an sie.
„Wie werden dich nie vergessen", sagte das Mädchen.
„Niemals!" pflichtet der Junge ihr bei.
Über der kleinen Hütte wiegen sich die Zweige der alten Eiche im Wind und der Regen hämmert fröhlich auf das Hüttendach.

Im Land der möglichen Götter

Irgendwo und irgendwann in den Weiten von Raum, Zeit und Möglichkeiten liegt das Land der möglichen Götter. Hier finden sich all jene Götter, Göttinnen und übermenschlichen Wesen wieder, die irgendwo oder irgendwann in den Gedanken, Träumen und Sehnsüchten der Menschen gelebt haben oder die Aussicht gehabt hatten, zu leben. Auch diejenigen Götter, die sich irgendwo und irgendwann in einer einzigen Idee manifestierten, warten hier, Wirklichkeit zu werden. Im Land der möglichen Götter trifft man die alten Götter der Griechen und Germanen, die Sidhe der Iren und die Muttergöttin der Wicca. Der christliche Gott ist zurzeit nicht dort anzutreffen, ihm gelten zu viele Gedanken, Träume und Sehnsüchte.

Es war einmal ein junger Magier, dessen Heimat von einem düsteren Götzenkult heimgesucht wurde, dessen dunklen Versprechungen schon viele Männer und Frauen verfallen waren. Diejenigen, die sich dem Kult nicht anschließen wollten, waren vielerorts in Gefahr, einfach zu verschwinden. Man schloss bei Dämmerung die Türen und Fenster und niemand traute sich nachts nach draußen. Der junge Magier hatte schon seit Langem verzweifelt, aber erfolglos nach einer Möglichkeit gesucht, seine Heimat von dem Schrecken des Götzenkults zu befreien, als er eines Tages eine Entdeckung machte.

Die Ruinen waren nichts Besonderes, er hätte nicht einmal sagen können, was sie einmal gewesen waren. Es gab einfach zu viele auf dieser großen Insel, die die Heimat des jungen Mannes war. Schon Stunden hatte er in Geröll und Staub gewühlt, hin und wieder ein paar Scherben aus der trockenen Vulkanerde gezogen. Er hatte keine Lust mehr, seine Augen brannten vom Staub, sein Rücken schmerzte und seine Kehle lechzte nach kühlem Nass. Mit einem Ruck zog er den kleinen Spaten, den er immer bei sich hatte, wenn er auf der Suche nach Vergangenem war, aus der Erde, die Gedanken schon beim Schatten der Bäume. Doch plötzlich stutzte er. Der Ruck hatte im trockene Boden eine kleine Öffnung verursacht, in der keine Erde, sondern Dunkelheit zu sehen war. Verblüffte hackte er mit dem Spaten auf den Boden ein, der unter seinen Schlägen zerbröckelte. Zum Vorschein kam ein kleiner Hohlraum, der wohl unter einer der

Säulen des alten Gebäudes gewesen sein musste, und in dem Hohlraum eine kleine Truhe, dunkel von Alter. Das Herz des jungen Magiers klopfte. Nach so langer Zeit, sollte er endlich etwas gefunden haben?

Drei Tage war es nun her, dass er die Stadt am Fuße des Gebirges verlassen hatte. Den steinigen Pfad hatte er längst verlassen, auf Knien und Händen die Hänge erklimmend, sich nach Sonne, Sternen und seinem Kompass richtend, den er wie einen Augapfel hütete, folgte er seiner Karte, immer tiefer in die menschenleeren Berge, nur beäugt von einigen Gämsen und hin und wieder einem Adler. Viele Monate waren vergangen, seit er die kleine, dunkle Truhe gefunden hatte. Sie war erstaunlich leicht zu öffnen gewesen, die Schriftrolle, die in ihr lag, war ihm jedoch fast in den Händen zerfallen. Aber er hatte es in seinem versteckten Labor geschafft, sie wieder fester werden zu lassen. Als er sich ans Entziffern gemacht hatte, hätte er weinen können. Die Schrift war alt und nicht mehr in Gebrauch, doch er hatte lange die versunkenen Kulturen seines Landes studiert und verstand, um was es ging. Es war eine uralte, magische Formel, um ein Tor zu öffnen, um an den Ort zu gelangen, der Rettung versprach: ins Land der alten Götter. Endlich, nach so langer Zeit, eine Möglichkeit, Rat zu suchen, wie man diesen unsäglichen Götzendienern Herr werden konnte! Er kannte die Geschichten von diesem geheimnisvollen Ort seit seiner Kindheit und hatte alles Wissen zusammengetragen, das er finden konnte, oft belächelt von seinen Mitmenschen. Doch er war sich immer sicher gewesen und nun hatte er die Tür dorthin gefunden – zu einem Ort, an den all die Götter hingingen, wenn man sie vergaß, so unermesslich viel Weisheit an einem einzigen Ort und er hatte die Tür gefunden! Natürlich war es fast unmöglich gewesen, all das zu besorgen, was nötig war, um den Zauber zu wirken, der das Portal öffnen würde. Zudem war die Formel schwer, lange hatte er geforscht, um die alten Worte richtig zu betonen. Die erforderliche Planetenkonstellation zu errechnen war weniger schwer gewesen, die richtige Jahreszeit mit dem richtigen Wetter zu errechnen hingegen sehr und auch den beschriebene Ort, an dem der Zauber vollzogen werde musste, zu finden, hatte viel Zeit gekostet. Zeit, in der die Götzendiener mehr und mehr Einfluss gewannen, doch die hatte der junge Magier immer aus seinen Gedanken gehalten. Und nun war er hier angekommen, an

diesem so unscheinbaren Platz inmitten der menschenleeren Berge. Konzentriert machte er sich ans Werk, jeder Handgriff saß, unzählige Male geübt.
Und als die Sterne langsam ihre richtige Position einnahmen, begann der junge Mann zu singen. Uralte, lang verstummte Laute stiegen in den Nachthimmel, begleitet vom leisen Kratzen der Drachenkralle, mit der seltsame Muster in den harten Boden geritzt wurden. Der Wind wurde stärker, vereinigte sich mit dem Gesang. Die Nacht begann sich zu drehen, aus den Sternen wurden fahle Fäden, die sich um den Magier woben – dann ein gleißender Schein, ein ohrenbetäubendes Krachen, dann nichts mehr.

Die Stille weckte ihn. Stille, die in den Ohren dröhnte. Er schlug die Augen auf. Über ihm ein fahler Himmel von unbestimmbarer Farbe. Der Magier lächelte. Ja, er war angekommen! Die Landschaft war karg, nichts Lebendiges zeigte sich. Doch er wusste, dass andere Gesetze in diesen Gefilden herrschten. Die Götter hier schufen sich ihre Reiche selbst. Er wusste nicht genau, ob er auch seinen Körper hinüber geholt hatte, doch er war sich sicher, dass auch er diesen Ort mit seinen Wünschen beeinflussen konnte. Er stand auf und prägte sich die Umgebung gut ein. An der Stelle, wo das Portal war, sah er ein Flimmern in der Luft. Vorsichtig legte einen der notwendigen Steine unter die Stelle, die andere Hälfte barg er unter seinen Kleidern. Wenn er zurück wollte, würde er sich nur mit dem Steinstück in der Hand auf das Tor konzentrieren müssen, dann würde er wieder ins Diesseits gelangen. Glücklicherweise war in der Schriftrolle auch der Rückweg verzeichnet gewesen. Zudem, das hatte er auch in Erfahrung bringen können, würde nichts durch das Tor hinaus gelangen, denn es existierte nur allein für ihn. Zufrieden machte sich der Magier auf den Weg, die Namen der alten Götter halblaut vor sich hin singend, in der Hoffnung, sie auf diese Weise schneller zu finden.
Langsam wurde die Umgebung lichter, hin und wieder zeigten sich Grashalme, irgendwann auch Bäume. Freude erfüllte sein Herz, denn er hatte gehofft, die alten Götter des Wachstums und der Fruchtbarkeit zu finden und die Gegend, in der er sich nun befand, schien wie gemacht für sie. Ihre Namen lauter singend, rannte er durch den nun lichten und wunderbaren Wald. Doch auf einmal zuckte er zurück. Aus dem Nichts war vor ihm ein Abgrund erschienen, ein

schwarzes, feuriges Loch, aus dem es sauer zu ihm hoch wehte. Angst erfasste ihn. Diesen Geruch kannte er, hatte ihn unzählige Male in der Nase gehabt, als er an den Feuern der Götzendiener vorbei geschlichen war. Wie konnte das sein, was machte dieser Geruch im Land der alten Götter?
Eine Stimme riss ihn aus den Gedanken, eine Stimme, die ihn schaudern ließ und wie Nägel auf einer Tafel klang, untermalt von einem Zischen erlöschender Feuer.
„Soso, du bist also auch hier?"
Aus dem Loch in der Welt erhob sich ein Schatten, wabernd und durchscheinend, aber doch von einer unheimlichen, dem jungen Magier nur allzu bekannten Präsenz. Panik und Unglaube drohten, sich seines Körpers zu bemächtigen.
„Nein, das kann nicht sein, du kannst nicht hier sein, im Land der alten Götter!", stieß er hervor.
Er machte einen Schritt nach hinten, fiel über eine Wurzel, kroch weg, weg von dem Götzen, der ihn anzugrinsen schien. Denn um keinen anderen handelte es sich. Der Magier schloss die Augen, sammelte sich. Nein, das war unmöglich, es konnte nicht der Götzen sein, es musste eine andere Erklärung geben! Der Schatten war ihm nicht gefolgt, waberte wartend über dem grausigen Loch. Der junge Mann stand auf, trat wieder einen Schritt auf die Gestalt zu.
„Wer bist du und was machst du hier im Land der alten Götter?", verlangte er, nun mit festerer Stimme, zu wissen.
Der Schatten kicherte zischend.
„Ich bin genau der, für den du mich hältst, das kann ich in deinen Augen sehen", eine kurze Pause, ein nun sehr zufriedenes Kichern, *„aber das hier ist nicht das Land der alten Götter, mein Freund, es ist das Land der möglichen Götter. Da hat sich wohl jemand in den alten Schriften geirrt oder bei der Übersetzung gepfuscht..."*
„Das Land der möglichen Götter?" Ein eisiger Schauer durchfuhr den jungen Mann. „Aber das würde ja heißen, dass du ein Gott warst!" Die Erkenntnis lähmte seine Gedanken, sein Körper fühlte sich an, als flösse Eis durch seine Adern.
„Ja, das heißt es." Der Schatten wirkte äußerst zufrieden. *„Aber was noch viel interessanter ist: Du warst auch einer – oder wieso glaubst du, konntest du hierher gelangen?"*
„Ich...ich habe einen Zauber gefunden..."
„Der auch sehr gründlich war – du hast es geschafft, den halben

Berg zu zersprengen und meine besten Priester zu töten, die sich an deine Fersen geheftet hatten. Du hast doch nicht geglaubt, ich hätte nichts von deinem Treiben gemerkt?"
„Ich..."
„Und nachdem sie durch dich gestorben waren, zerfiel meine Kult und deiner begann – als ein Erlöser und mythischer Bezwinger meiner Wenigkeit.
Doch es dauerte nicht lange und deine Anbeter kamen um, als der Vulkan, aus dem deine Heimat besteht, ausbrach."
„Aber als ich die Namen der alten Götter sang, wurde die Einöde grün und lebendig!"
„Ja, weil du es so wolltest, jeder mögliche Gott hier hat seinen eigenen Bereich. Und da wir sozusagen verwandt sind durch den Glauben und unsere gemeinsame Geschichte, sind wir hier Nachbarn..."
„Nein, NEIN! Das kann alles nicht sein! Ich habe das Tor zurück in die Menschenwelt gesehen, ich habe den Stein, der mich zurückbringt, so steht es in der Schrift!"
„Versuch doch, ihn zu benutzen." Wieder ein hämisches Kichern. *„Nein, mein Freund, nur mögliche Götter können hierher gelangen."*
Der junge Mann hielt sich an seinem Steinstück fest, der Bruder desjenigen unter dem Tor zurück ins Diesseits. Er konzentrierte sich – nichts geschah.
Der Schatten lachte nun laut und aus voller Brust.
„Willkommen mein Widersacher, willkommen im Land der möglichen Götter!"
Noch lange hörte man das Lachen des Götzen, in dem das verzweifelte Weinen des jungen möglichen Gottes unterging.

Der Großvater schloss das Buch.
„Aber was geschah weiter mit dem Magier?" Der Junge hatte gebannt an den Lippen seines Großvaters gehangen.
„Was soll weiter mit ihm geschehen sein?" Der Großvater runzelte die Stirn. „Er war ein möglicher Gott gewesen und er lebte von da an in seinem Reich im Land der möglichen Götter."
„Aber wieso wusste er nichts davon?"
„Weil er ja kein richtiger Gott war, sondern nur die Möglichkeit hatte, einer zu werden."
„Ich finde das gemein." Das Mädchen verzog seinen kleinen Mund.

„Gemein? Wieso das denn?" Der Großvater lächelte und strich ihr über das Haar. „Das Leben ist weder gemein noch gut, es *ist* einfach. Vieles liegt in unserer Hand, aber oft müssen wir auch einfach akzeptieren." Er küsste die Kinder auf die Stirn und strich die Bettdecke glatt. „Und jetzt ist Schlafenszeit – morgen könnt ihr dann wieder euer eigenes Leben in die Hand nehmen."